決戰王妃5

為愛加冕 THE CROWN

綺拉・凱斯 Kiera Cass 著
張靜惟 譯

獻給 Guyden 和 Zuzu，
你們是我此生創造出最棒的小人兒。

1

「對不起。」我說。

我做好心理準備，這件事說出口一定會引起反彈。打從一開始，我就想過親王競選會像這樣一步步收場。當時我想，每次一定要刷掉一大批人，讓他們在錯愕之中，發現自己在聚光燈下的時光已經結束。但是，經過這幾週，我發現他們個個聰明善良，待人寬厚，一口氣淘汰這麼多人簡直教人心碎。

他們待我一直很公平，我現在卻要非常不公平地對待他們。直播之後才會正式宣布淘汰名單，他們所有人都要等到那一刻。

「我知道事發突然，但考量到母后身體不穩定，父王又請我負起更多責任，我覺得自己若要做好，只能縮小競選的規模。」

「王后還好嗎？」海耳問，他用力嚥了嚥口水。

我發出一聲嘆息。「她看起來……狀況不大好。」

爸爸一直猶豫該不該讓我去看她，後來終於答應。當我看到她那一瞬間，馬上明白他為何如此猶豫，她沉沉睡著，一旁心跳監視器的螢幕顯示著她的心律。她才剛動完手術，醫生取下她腿上的血管，取代胸中過勞的血管。

有個醫生說，手術一度相當危急，但他們設法把她救回來了。我坐在她身旁握著她的手。我在椅子上故意駝背，雖然聽起來很傻，但我猜想她一定會忍不住醒來，糾正我的坐姿。結果沒有用。

「不過她還活著。而我父王……他……」

教過我打棒球的拉烏爾把手放上我的肩膀安慰我。「沒關係，公主殿下。我們都了解。」

我掃視大家，目光落在每個候選人身上一會，深深將他們的面容印在腦海中。

「我跟你們說，我其實很怕你們。」我向他們坦承。有幾個人聽了輕聲笑了笑。「謝謝你們願意參與這次的競選，並一直對我這麼親切有禮。」

一個侍衛進來，清了清喉嚨。「對不起，公主殿下。差不多要轉播了。工作人員想檢查，嗯……」他的手不知所措地比了比。「……頭髮什麼的。」

我點點頭。「謝謝你。我一會就過去。」

他走了之後，我的注意力回到男生身上。「希望你們能原諒我無法一一跟你們道別，希望你們所有人未來一切順利。」

離開時，大家逐一低聲向我說再見。我一走出紳士房門，馬上深呼吸一口氣，爲了準備面對接下來的事，我在心中默念：

妳是伊德琳．席理弗，沒有人——實質上，真的沒有人比妳擁有更大的權力。

皇宮感覺靜得好詭異，沒有媽媽和她的侍女在一旁東奔西走，走廊上也少了亞倫的笑聲。人唯有等到失去，才會意識到對方的存在。

我端正姿態，抬頭挺胸，走入攝影棚。

「公主殿下。」我進門時，許多人向我行禮問好，並退了開來，他們都不敢直視我的眼睛。我不知道是出於同情，或是他們已經聽說了我待會要宣布的消息。

「喔。」我望向鏡子說。「我有點太白了。妳可不可以——？」

「沒問題，公主殿下。」一個女孩專業地用粉撲輕觸著我的皮膚，替我上蜜粉。

我整理好禮服的蕾絲高領。我今早更衣時，考慮到皇宮目前的氣氛，黑色似乎是最合適的選擇，但那只是我的直覺而已。

「我看起來太莊重了。」我不禁將腦中的焦慮脫口而出。「不是尊貴的莊重，而是憂心忡忡的莊重。感覺完全不對。」

「妳看起來很美，公主殿下。」化妝的女生替我畫上全新的唇彩。「像妳的母親一樣。」

「不，我不像。」我哀嘆。「她的頭髮、皮膚、眼睛，沒一個像的。」

「我不是那個意思。」那女生溫柔和藹，額前留著一綹綹鬈瀏海，她站到我身旁，望著我鏡中的倒影。「妳看。」她指著我的眼睛說，「雖然瞳孔顏色不一樣，可是有著一樣的堅定。還有妳的嘴唇，和妳母親一樣，帶著充滿希望的笑容。我知道妳的面容遺傳了祖母，但妳仍然徹徹底底是妳母親的女兒。」

我凝視著自己，漸漸明白她的意思。在這最孤單的一刻，我終於稍微感覺到自己不再是一個人。

「謝謝妳。這段話對我意義深重。」

「我們全都在爲她祈禱，公主殿下。她很強悍的。」

我雖然心情沉重，仍然咯咯笑出聲來。「她的確是。」

「兩分鐘！」現場指導人員大喊。我走到鋪好地毯的布景，順順我的禮服，摸摸頭髮。即使聚光燈全力照射，攝影棚仍感覺比平常冷，我走到孤零零的講台後方就定位，肌膚不禁起了雞皮疙瘩。

蓋佛瑞打扮收斂了些，不過仍相當優雅，他走過來，露出同情的微笑。「妳眞的確定要親自宣布嗎？我很樂意爲妳代勞。」

「謝謝你，但我想這件事我一定得自己來。」

「那好吧。她的身體怎麼樣？」

「一個小時之前是沒事。醫生讓她繼續睡，給她時間休養，但她看起來好虛弱。」我閉上眼一會，讓自己冷靜下來。「對不起。這一切害我有點心神不寧。但至少跟爸爸相比我的狀況是好多了。」

他搖搖頭。「我想不會有誰比他更難受。他們相遇之後，他的世界便全繫在她一人身上。」

我回想著昨晚發生的事，想到他們房間掛滿照片的那面牆，想到不久之前，他們才透露兩人墜入愛河的點點滴滴。爲了愛，兩人不惜克服萬難，最後卻弄得自己脆弱不堪，我還是不懂這有什麼魅力或是道理可言。

「你當時也在，蓋佛瑞。你目睹了他們的競選。」我嚥了嚥口水，心裡仍然不確定。「眞的有可能找到對的人嗎？怎麼辦到的？」

他聳聳肩。「這是我這輩子見過的第三場競選，怎麼成功的，或是爲何抽籤可以找到心靈伴侶，我其實也說不上來。但是，不如這麼說吧，妳祖父的爲人我頗有微詞，但他對待王后就像她是全世界最重要的人。他對別人苛刻，對她卻很寬容。對王后他是百依百順，在她面前總是表現出最好的自己，我能說的就只有這麼多……總之，他找到了對的女人。」

我瞇起眼，好奇他欲言又止的是什麼。我知道祖父是個嚴厲的統治者，但話說回來，關於他我也只知道這點。爸平時不願多談祖父身爲丈夫和父親的事，而且相比之下，我向來對祖母的事比較感興趣。

「妳父親？我覺得他完全不知道自己在尋找什麼樣的對象。老實說，我覺得妳母親也不知道。但她在各方面都與他十分匹配。他們身邊所有人早已心裡有數，只有他們自己渾然不覺。」

「真的？」我問，「他們不知道？」

他皺了皺眉。「其實，只有妳母親比較搞不清楚狀況。」他意有所指地看了我一眼。「看來是家族遺傳。」

「蓋佛瑞，你是少數我可以傾訴這件事的人。我不是不知道我要找什麼樣的人，只是我還沒準備好開始找。」

「啊！難怪。」

「但現在我卻在這裡。」

「而且，這恐怕只能靠妳自己了。發生昨天的事之後，妳放棄也不會有人怪妳，不過如果妳決心走完競選，這麼重要的選擇也只有自己才能決定。」

我點點頭。「我知道。所以才這麼可怕。」

「十秒鐘。」現場指導大喊。

蓋佛瑞拍拍我的肩膀。「我隨時都在這裡，全心全力支持妳，公主殿下。」

「謝謝你。」

我在攝影機前挺起胸膛，努力表現出冷靜的樣子，接著紅燈亮起。

「早安，伊利亞的人民，我是伊德琳．席理弗公主，我要在此宣布皇室近期發生的幾件大事。先告訴大家一個好消息。」我試著微笑，我真的盡力了，但我心中唯一感到的是我被徹底拋棄。

「我親愛的弟弟亞倫．席理弗王子已經娶了法國公主卡蜜兒．德索韋泰爾爲妻。雖然他們的婚禮來得有點驚喜，但絲毫不減損我們對兩人共結連理的喜悅。我希望全國上下都能和我一起祝福這對新人婚姻幸福美滿。」

我停頓了一下，在內心默想：**妳辦得到的，伊德琳**。

「接下來是比較不幸的消息，我的母親，也就是伊利亞的亞美利加．席理弗王后，昨天晚上突然心臟病發。」

我頓了一頓。這段話感覺在我喉嚨築了一座大壩，讓我的話越來越難說出口。

「她目前病情十分嚴重，並持續住院觀察。請爲她祈——」

我手摀住嘴。我要哭了。我要在全國電視轉播上失態了，而且更糟的是，亞倫之前才說過人民是怎麼看我的。我絕對不要再顯得如此軟弱。

我低下頭。媽媽需要我，爸爸需要我，也許，甚至這個國家也稍稍需要著我。我不能令他們失望。我抹去眼淚，繼續說。

「請爲她祈禱，祝她早日康復，我們全都深愛著她，也需要她繼續引領我們。」

我大口呼吸。這是唯一的方法，我只能這樣才撐得過每一段話。吸氣，吐氣。

「母后對親王競選寄予厚望，而如你們所知，我父母長年美滿的婚姻就是從競選開始。因此，我決定依循母后內心深切的希望，繼續我的競選。

「因爲皇室這二十四小時經歷巨變，我認爲將追求者淘汰到只留下菁英候選人，可能是比較明智的作法。我父親當年迫於情勢，將人數從原本的十人減至六人，如今我也將比照辦理。能繼續參與競選的是以下六位候選人：

剛諾·克羅夫特先生

凱爾·伍德渥克先生

伊恩·凱寶先生

海耳·加納先生

法克斯·衛斯里先生

亨瑞·賈可比先生。」

這一個個名字都令人莫名安心，我彷彿知道他們此時會有多驕傲，即使相隔這麼遠，我也能感受到他們的光榮與激動。

快結束了。大家已經知道亞倫離開，我的母親命在旦夕，以及競選依舊要繼續下去。接下來就是我最害怕宣布的消息。多虧亞倫的信，我現在完全明白人民對我的看法。說出接下來那些話，我會得到什麼樣的回應呢？

「由於母后身體欠安，父王麥克森·席理弗國王決心要陪在她身邊。」重頭戲來了。「因此，他已任命我爲攝政王，直到他覺得適合再回到王位上。在那一天到來之前，我會負責決定所有國事。我是以相當沉重的心情接下這個職位，但如果我這麼做能夠爲我的父母帶來一絲平靜，我在所不辭。

「以上這些事項，如果有任何最新狀況，我們會再安排快報，並對大家作進一步說明。謝謝你們的收看，祝各位有美好的一天。」

攝影機停了。我走下講台，坐到平常爲我家人準備的椅子上。我一陣反胃，如果有時間的話，我一定會坐上好幾個小時，試著鎮定下來，但還有好多事要做，容不得我停下來。第一件事就是再去看看爸媽，接著要去工作。今天還要努力擠出時間和菁英候選人見面。

出攝影棚時，我瞬間停下了腳步，因爲我的那群紳士列隊擋在我面前。第一張映入眼簾的臉是海耳。他拿了一朵花給我，臉上綻放出笑容說：「獻給妳的。」

我看著隊伍，他們每個人手上都拿著花，有些人的花還連著根。我猜他們想必是一聽到自己的名字就直接衝到花園，然後又馬上衝回來。

「你們這群傻瓜。」我嘆了口氣。「謝謝你們。」

我接過海耳的花，擁抱他。「我知道我說一天一件事。」他輕聲說。「但如果妳需要一天兩件事的話，告訴我，好嗎？」

我又摟得更緊一點。「謝謝你。」

伊恩是下一個，雖然我們只有在拍攝公關照的約會時有接觸，但我情不自禁擁抱了他。

「我有個感覺，你應該是被強迫的吧。」我低聲說。

「我的花是從走廊花瓶偷拿的。不要舉發我。」

我拍拍他的背，他也拍拍我。

「她不會有事的。」他保證。「你們全都不會有事。」

凱爾的手被花朵刺傷，我們擁抱時，他笨拙地將流血的手舉到一旁，以免碰到我的禮服，我不禁大笑。這一刻好完美。

「要微笑。」亨瑞說，我將他的花也放入懷中亂糟糟的花朵之中。

「好，好。」我回答，他朝我大笑。

就連愛瑞克也為我摘了朵花。我收下來的時候淘氣地笑了。

「這不是花，這是蒲公英啦。」我跟他說。

他聳聳肩。「我知道。有人覺得是種子，有人覺得是花。見仁見智囉。」

我伸出雙臂抱住他，我感覺到他這時望向其他人，似乎有點不自在，因為我居然也擁抱了他。

剛諾嚥了嚥口水，沒辦法多說什麼，但他在我繼續走之前，溫柔地擁抱我。

法克斯手中拿著三朵花。「我選不出來。」

我漾起微笑。「每一朵都很美。謝謝你。」

法克斯抱得很緊，好像他比其他人都還需要我的支持。我抱著他，望向我的菁英候選人。對，這一切依然沒有道理，但我慢慢懂得，我的心會如何在努力的過程中漸漸飛揚。那就是我現在的願望：我希望義務和愛能設法交疊，而我能喜悅地優游其中。

2

媽媽的手好柔軟，幾乎像紙一樣輕柔。那感覺讓我聯想到水是怎麼磨平石頭。我泛起微笑想著，她以前一定是顆非常粗糙的石頭。

「妳以前常犯錯嗎？」我問。「說錯話、做錯事？」

我等著她回答，但除了機器的嗡嗚和螢幕的嗶嗶聲，什麼都沒有。

「嗯，妳跟爸爸以前常吵架，妳也一定有犯錯的時候吧。」

我又把她的手握得更緊，想讓她的手暖起來。

「我宣布了所有事情。現在大家都知道亞倫結婚了，妳現在身體有點……不舒服。我把男生減到六人。我知道刪掉的人數很多，但爸爸說沒關係，他那時候也是這樣，所以沒有人會不高興。」我嘆口氣。「可是，我感覺大家還是會找個理由討厭我。」

我眨眼忍住淚水，擔心她會感覺到我有多害怕。醫生研判，她心臟病發主要是因爲亞倫離去的消息害她太過震驚，但我不禁懷疑，她與日俱增的壓力是不是我害的，像是一滴滴少許的毒藥，一直要等到中毒病發，才發現自己服下了致命的毒。

「總之，爸爸一回來，我會去開我人生第一場顧問大臣諮詢會議。他說那應該不會太難。老實說，我覺得萊傑將軍今天的任務最難，他要勸爸爸去吃飯，爸爸死也不答應，只想守在這裡陪妳。不過剛才在將軍堅持之下，爸爸終於投降。我很高興他在這裡，我是指萊傑將軍。他跟露西小姐有點像是我的備胎父母。」

我手又握得稍緊一些，彎身低語。「但是拜託妳不要讓我需要備胎，好不好？我還是需要妳。弟弟也還需要妳。還有爸爸……如果妳離開，他看起來可能會崩潰。所以該醒來的時候，妳一定要回來，好嗎？」

我等她嘴巴抽動，或動動手指也好，我等她給我任何有聽到我說話的跡象。但是，什麼都沒有。

就在這時候，爸爸用力推門進來，萊傑將軍跟在後頭。我拭著雙頰，希望沒人注意到。

「看吧。」萊傑將軍說。「她的狀況很穩定。如果有什麼差池，醫生一定會趕來。」

「就算如此，我也要待在這裡。」爸爸頑固地說。

「爸，你離開根本還不到十分鐘。你到底有沒有吃啊？」

「我吃了。跟她說，艾斯本。」

萊傑將軍嘆了口氣。「就算是吃了吧。」

爸爸瞪他一眼，別人看了可能會害怕，但將軍只露出微笑。「我看我能不能弄些食物過來，這樣你就不用離開了。」

爸爸點點頭。「照顧好我女兒。」

「沒問題。」萊傑將軍朝我眨眨眼，我起身，跟著他走出病房。到門口時，我回頭又看了媽一眼。

她仍在沉睡。

到了走廊上，他向我伸出手臂。「妳準備好了嗎，我的準女王？」

我挽住他的手，露出笑容。「還沒。但我們走吧。」

我們走向會議廳，我差點開口要萊傑將軍再帶我在外頭繞一圈。今天發生的一切已經令我無法喘息，我不確定自己辦得到。

說什麼傻話，我告訴自己。**妳以前出席過這些會議不下幾十次。妳的想法幾乎都和父王所說的不謀而合。是啦，這是妳第一次主持，但妳遲早會走到這一步。今天沒有人會爲難妳，拜託，妳母親才剛心臟病發。**

我堅定地拉開門，萊傑將軍跟在我身後。我經過眾人，慎重地點頭致意。安卓斯大臣、卡德理大臣、雷斯摩先生，還有許多我認識好幾年的人，他們一一就座，面前擺放好紙筆。布麗絲女士驕傲地看著我大步走向父親的座位，將軍也隨我坐到了她身旁的位子。

「早安。」我坐上了主位，低頭看著面前薄薄的文件夾。感謝老天，幸好今天的待議事項不多。

「妳的母親還好嗎？」布麗絲女士一臉肅穆地問。

我真該把答案寫在一塊板子上，這樣我就不用重述。「她現在仍然沉睡著。我不確定她此時的健康狀況有多糟糕，但父王會一直待在她身邊，如果有任何改變，我們一定會通知所有人。」

布麗絲女士苦笑。「我相信她不會有事的。她一直很強悍。」

我努力掩飾我的驚訝，沒想到布麗絲女士這麼了解我母親。其實，我對布麗絲女士一無所知，但她的語氣很真誠，我很高興她現在能在這裡。

我點點頭。「我們把這會議好好開完吧，這樣我才能跟她說我第一天上工至少有做點事。」

眾人輕聲笑了笑，但我讀起第一頁呈上來的資料時，會議廳迅速靜了下來。

「我希望這是個玩笑。」我淡淡地說。

「不是，殿下。」

我目光轉向卡德理大臣。

「我們認為這是刻意削弱伊利亞之舉，因為在國王和王后都未同意的情況下，法國這麼做基本上等同於偷走了妳的弟弟。這段婚姻是叛國之舉，所以我們別無選擇，只有宣戰一途。」

「大臣，我向你保證，這不是叛國的行為。卡蜜兒是個很明理的人。」我翻了個白眼，很不情願地承認，「亞倫才是那個愛到瘋狂的人，我確信是亞倫說服她結婚的，而不是反過來。」

我一口拒絕宣戰，這主意我連想都不願去想。

「公主殿下，妳不能這麼做。」安卓斯大臣執意說，「伊利亞和法國的關係好幾年來都是牽一髮動全身。」

「這次比較像個人的私事，而不在於政治層面上。」布麗絲女士提出她的看法。

卡德理大臣手在空中一揮。「這讓情況變得更糟。黛芬王后明目張膽利用私人情感折磨皇室，並認爲我們不會有所回應。這次我們不容退讓。告訴她，將軍！」

布麗絲女士沮喪地搖搖頭，一旁的萊傑將軍開口。「殿下，我唯一會說的是我們陸空部隊二十四小時待命，聽候妳的差遣。雖然我絕對不建議妳下令開戰。」

安卓斯哼了一聲。「萊傑，告訴她她現在面臨的危險。」

他聳聳肩。「我沒看到什麼危險。只是她的弟弟結了婚。」

「眞要說有什麼，」我提問。「聯姻不是應該讓兩個國家更親近嗎？多年來，讓公主與別國的王子結婚不就是爲了這個原因？」

「但那些是計畫好的婚姻。」卡德理語帶輕蔑，顯然在暗示我對於國際關係的看法太過天眞。

「這次也一樣。」我反駁。「我們全都知道亞倫和卡蜜兒有朝一日會結婚。現在只是比我們預期來得早而已。」

「她根本搞不懂。」卡德理對安卓斯喃喃說。

安卓斯大臣朝我搖搖頭。「殿下，這是叛國罪。」

「大臣，這是愛。」

卡德理拳頭重重敲桌。「如果妳不果斷一點，沒有人會拿妳當回事。」

他的聲音回響在會議室，接著眾人一片沉默，桌前所有人文風不動。

「好吧。」我冷靜地回答。「你被革職了。」

卡德理大笑，他望向桌邊的眾人。「妳不能把我革職，殿下。」

我歪頭盯著他。「我向你保證，我可以。目前這裡沒有人比我還大，而且我輕易就能找到人取代你。」

雖然布麗絲女士努力板著臉，但我還是發現她緊抿著雙唇，顯然在憋笑。沒錯，她絕對站在我這邊。

「妳必須反擊！」他堅持。

「不。」我堅定地回答。「目前情勢已經夠緊繃，戰爭只會徒增壓力，並造成聯姻兩國之間的動蕩。我們不會開戰。」

卡德理頭一低，瞇起眼。「妳不覺得關於這件事，妳太過感情用事嗎?」

我起身，我身後的椅子「嘎」一聲刮過地面。「我先假定，你不是在暗示關於這件事，我的反應太過**女性化**。因爲，沒錯，我的確很感情用事。」

我邁步走到桌子的另一端，雙眼直盯著卡德理。「我的母親躺在床上，插著鼻管，我的雙胞胎弟弟現在人在另一塊大陸上，我的父親陷入崩潰邊緣。」

我站到他正對面繼續說，「在這一切爆發之際，我還有兩個弟弟要安撫，一個國家要治理，六個男生在樓下等我點頭首肯。」卡德理嚥了嚥口水，我感到一陣滿足，罪惡感小到幾乎可以忽略。「所以，沒錯，我現在很感情用事。任何人面臨同樣的處境都會如此。至於你，大臣，你是個白痴。你怎麼敢用這麼薄弱的理由，逼迫我貿然做出如此重大的決定？無論如何，我才是女王，你不能逼迫我做任何事情。」

我走回桌子的主位。「萊傑將軍？」

「是，殿下？」

「今天議程中有任何不能等到明天再處理的事項嗎？」

「沒有，殿下。」

「好。你們可以退下了。我們下次見面前，我建議你們全都記清楚，這裡是誰做主。」

我一說完，除了布麗絲女士和萊傑將軍之外，其他人都起身敬禮——腰彎得特別低，我注意到了。

「妳太厲害了，殿下。」我們三個獨處時，布麗絲女士馬上說。

「有嗎？妳看我的手。」我把手舉起。

「妳在顫抖。」

我把手指握成拳，決定不讓自己繼續顫抖。「事情眞的是我說的那樣，對吧？他們不能逼我簽署開戰宣言，對不對？」

「沒錯。」萊傑將軍向我保證。「如妳所知，顧問團中一直有少數成員認爲我們應該要殖民歐洲。我想，他們是看妳經驗有限，覺得有機可乘，想逼妳做些什麼。但妳做得完全正確。」

「爸爸不會想要開戰的。他的統治方針一向是以和平爲依歸。」

「沒錯。」萊傑將軍微笑。「妳能堅守立場，他知道的話，一定很驕傲。其實，我覺得我現在就應該去告訴他。」

「我也可以去嗎？」我問，我忽然好想聽到心跳監視器微弱的嗶嗶聲，告訴我媽媽的心臟仍在跳動，仍在努力掙扎。

「妳還要治理國家，還有很多事要做。我會盡快向妳報告。」

「謝謝你。」他離開會議室時我大聲說。

布麗絲雙臂抱胸靠在桌上。「感覺好一些了嗎？」

我搖搖頭。「我知道身爲這個角色有許多工作要做。我做過其中一部分，也看過父王處理國事，但我原本還有時間準備。現在卻因爲母后病危而要臨時上陣，這對我來說太沉重了。而且我才治理國家不到五分鐘，就必須決定戰爭的事？我還沒準備好面對這一切。」

「好，我知道了。那我先從最重要的一點說起。妳還不用那麼完美。這只是暫時的，妳母親會康復，妳父親會回來工作，等一切回歸正常，妳就可以帶著這份特別的經驗繼續跟著妳父王學習。就先把這段時間當作一個機會，如何？」

我吐出一口大氣。這是暫時的。這是機會。好吧。

「何況，這一切不需全由妳一人承擔。這就是顧問團的作用。當然，今天顧問給妳的幫助不大，但我們在這裡就是爲了讓妳不會迷失方向。」

我咬著嘴唇，思忖片刻。「好。那我現在要做什麼？」

「首先，照妳所說，把卡德理革除。這會讓其他人知道妳說到做到。我確實有點爲他感到難過，但我想妳父親留下他，也只是想找個專唱反調的人，幫助他看清事情的全貌。相信我，沒有人會想念卡德理的。」她淡淡地說。「其次，把這段期間當作讓妳親自統治國家的訓練，並開始讓身邊多留下幾個妳能信賴的人。」

我發出嘆息。「我覺得他們剛才全都背棄我而去了。」

她搖搖頭。「看仔細一點。也許在妳預料之外的地方也有朋友喔。」

我發現她又再次讓我刮目相看。她當顧問的時間比任何人都久。她知道多數情況下，父王會做出怎樣的抉擇，而且至少，她是內閣中唯一的一位女性。

布麗絲女士望著我的雙眼，逼我將目光拉回現實。「妳覺得誰能夠永遠誠實對待妳？誰會忠心地在妳身邊，不是因爲妳是皇室，而只是因爲妳是妳？」

我會心一笑，我完全知道自己走出會議室之後該去哪裡。

3

「我？」

「妳。」

「妳確定？」

我雙手抓住妮娜的肩膀。「就算話不中聽，妳總是對我實話實說。妳能忍受我的脾氣，而且妳太聰明了，不該把才能浪費在摺衣服上。」

她笑容滿面，眨眼忍著淚水。「侍從官……究竟是什麼？」

「嗯，就是要處理雜七雜八的工作，一方面要陪伴我——這點妳已經做到了，另一方面是要幫我處理比較沒那麼亮麗刺激的事，像是安排行程、盯著我吃飯等等。」

「我想我做得到。」她笑著說。

「喔、喔、喔，還有一點……」我舉起手，準備跟她說這工作最有可能令人興奮的地方。

「這代表妳再也不用穿侍女服了。所以去換衣服吧。」

妮娜咯咯笑。「我不知道我有沒有合適的衣服。但我明天一定會做一件出來。」

「亂講。直接去我衣架上拿一件。」

她望著我倒抽一口氣。「不行啦。」

「唉呀，妳可以拿啦，而且我堅持。」我指著寬闊的衣櫥門。「去換衣服，到辦公室跟我碰面，然後我們撐一天算一天。」

她點點頭，伸起雙臂，環抱住我，好像我們已抱過一千次般熟悉。

「謝謝妳。」

「我該謝謝妳才對。」我強調。

「我不會讓妳失望的。」

我抽開身，望著她。「這我知道。對了，妳的第一個工作就是替我找個新侍女。」

「沒問題。」

「太好了。待會兒見。」

我昂首闊步從房間走出來，感覺好多了，我知道有個人站在我這邊。萊傑將軍會替我注意爸媽，布麗絲女士會是我的主要顧問，妮娜會幫我分擔工作。

不到一天，我已經了解媽媽為什麼覺得我需要個伴。我也的確打算這麼做，只是我需要一點時間想想自己該怎麼做。

下午，我焦慮地在紳士房外踱步，等待著凱爾。在所有候選人當中，凱爾和我的關係感覺最複雜，但也最容易著手。

「嘿。」他過來擁抱我說。我嘴角不禁揚起，想到要是他一個月前這麼做的話，我應該會叫侍衛來抓他。「妳還好嗎？」

我愣了一下。「說來好笑——你是唯一這麼問我的人。」我們分開。「我還好，我想。至少忙的時候還好。但是只要稍稍空閒下來，我就焦慮得要命。爸爸一蹶不振。我也好痛心亞倫竟然還沒回來。我以為聽說了媽媽的狀況，他一定會回來，但他甚至連通電話都沒打。他至少要打個電話吧？」

我嚥了嚥口水，知道自己激動過頭了。

凱爾牽起我的手。「好了，我們不如換個角度想。他飛去法國，在一天之內結了婚。他現在手邊一定有一大堆官方文件和其他東西要處理。他甚至可能還不知道發生了什麼事。」

我點點頭。「你說得對。我知道他一定在乎我們。他走之前留了一封信給我，那封信直言不諱，坦白到讓我不得不相信他是真的關心我們。」

「看吧，這不就對了。昨天晚上，妳爸自己看起來都像是要病倒了。他時時刻刻陪伴妳的母親，關注她的病情，也許只是希望能掌握住什麼，但其實一切都操之在天。她已經撐過險境，而且她一直都是個鬥士。還記得大使來那次嗎？」

我情不自禁地笑了。「你是說那個從巴拉圭阿根廷聯盟來的大使？」

「沒錯！」他興高采烈地說。「我腦中的畫面依然好清楚。他對所有人都好沒禮貌，連續兩天中午喝得醉醺醺的，妳媽最後揪著他的耳朵，一路把他拖出大門。」

我點點頭。「我記得。我也記得後來打了無數通電話，想跟他們的總統把事情解決。」

凱爾揮揮手，像是要撇開那些細節問題。「那不重要。妳只要記得，妳母親不會讓那種事發生在自己身上。誰敢摧毀她的人生，她都會把對方拽到街上去。」

我露出笑容。「真的。」

我靜靜站在那裡一會，心情愉快而平靜。我從來不曾對別人如此感恩。「我今天接下來會很忙，但也許明天晚上我們可以見個面？」

他點點頭。「當然好。」

「有很多事情要說。」

他眉頭皺了起來。「像是什麼？」

我們兩人同時轉身，注意到身邊多了一個人。

「對不起，公主殿下。」侍衛敬禮說。「但妳有訪客。」

「訪客？」

他點點頭，沒有多說，所以我也無從得知訪客的身分。

我嘆口氣。「好。我晚點再跟你說，好嗎？」

凱爾握了我的手一下。「好。如果妳有什麼需要，儘管告訴我。」

我笑著走開，知道他是眞心這麼想。我心裡很清楚知道，一旦我有需要，紳士房中的所有男孩都會衝到我身邊，而在淒涼的一天裡，這個念頭是一絲微小的安慰。

我一面踏著螺旋樓梯走下樓，一面猜想訪客到底是誰。如果是親戚會被帶到接待室；如果是省長或其他官員會送一張卡來。到底是誰這麼重要，侍衛竟然不能直接跟我說？

我到了一樓，答案就站在眼前，他開朗的笑容令我屏息。

馬里德．伊利亞。好幾年來他不曾踏入宮中一步，我們最後一次見面，他還是個清瘦的小男生，仍不懂得正常應對進退。但如今他圓圓的雙頰已被銳利的下顎線條取代，細瘦的四肢也變得結實，完美撐起合身、俐落的西裝。我走近時，我們四目相交，雖然他手中捧著繁花茂盛的花籃，仍躬身行禮，自若地微笑，彷彿不受影響。

「公主殿下。」他問好。「未經通知擅自前來，我深感抱歉，但我們一聽說妳母親的消息，便覺得必須前來致意。所以……」

他將花籃拿給我。裡頭裝滿了禮物，包括一朵朵花、一本本薄書、一罐罐蓋子綁著緞帶的湯，甚至還有一些餅乾，看起來好可口，我簡直忍不住要替自己偷留一塊。

「馬里德。」我的語氣除了問候與質疑，同時也帶著微微的責備。「無論如何，這份禮都太大了。」

他聳聳肩。「意見不合不代表彼此反目成仇。我們的王后生病了，這至少是我們能獻上的一份心意。」

我綻放微笑，爲他出乎意料的現身而感動。我向侍衛比了一下手勢。

「麻煩你將花籃拿到醫院廂房，謝謝。」

他接下花籃，我注意力回到馬里德身上。

「你的父母不想來嗎？」

他雙手插入口袋，擺出意味深長的表情。「他們怕來訪會被視爲有政治意圖，而不是出自個人情感。」

我點點頭。「可以理解。但請告訴他們以後不需要擔心這件事。我們仍然很歡迎他們。」

馬里德嘆氣。「他們可不這麼想，自從他們……離開之後。」

我雙唇緊抿，回憶中，一切依舊清晰。

奧古斯塔．伊利亞在我祖父母過世後曾密切和父王合作，想盡快廢除階級制度。奧古斯塔抱怨改變速度不夠快時，父王擺出架子，要他尊重他的計畫。而當父王無法有效消弭下層階級的刻板印象時，奧古斯塔則氣得罵他，叫他把「嬌生慣養的屁股」挪到皇宮外，到街上感受一下。父王一直是個很有耐心的人，在我記憶中，奧古斯塔總是精神緊繃。最後，兩人大吵一架，奧古斯塔和喬智雅隨即打包行李，帶著他們害羞的兒子，在悲傷和怒火中拂袖而去。

後來，我聽過馬里德的聲音一、兩次，他曾上廣播節目發表政治或商業分析，但現在感覺好奇怪，在我印象中，他一直是那個垂著頭的小男生，現在我卻看著他雙唇微啓，侃侃而談，自在地露出笑容。

「坦白說，我不懂爲什麼我們的父親最近沒有碰面。你一定也知道，我們最近在努力平息廢除階級之後所衍生的爭端。我以爲他們其中一人會打破僵局，尋求另一個人的幫助。畢竟事情都已經過了那麼久，早該放下自尊了。」

馬里德伸出手臂。「也許我們能邊走邊聊？」

我挽住他的手臂，兩人沿著走廊向前。

「目前一切都還好嗎？」

我聳聳肩。「至少情況沒有變得更糟。」

「我很想說，要往好處想，但在這種處境下，恐怕很難找到一絲安慰。」

「我現在腦中唯一想的是要如何幫助我的父母。」

「我明白。但誰知道？說不定在妳掌權這段期間，能夠有所發揮，積極改革。例如廢除階級所衍生的問題，雖然我們的父母無法解決，但也許妳可以。」

他可能是想鼓勵我，但我心裡絲毫沒有好過一點。我根本不想掌權那麼久，更別說進行改革了。

「我其實不大確定我辦得到。」

「嗯，公主殿下——」

「拜託，馬里德。叫我伊德琳。我還沒出生你就認識我了。」他有些得意地笑了起來。「這倒是真的。不過，妳現在是攝政王，我不好好稱呼妳感覺並不得體。」

「那我要怎麼稱呼你？」

「不如稱我為『忠心的愛國者』吧。在目前這種緊張情勢下，我願意盡力提供妳所需要的任何協助。我知道所有人都希望看到階級制度消失，但即使已下令廢除，剛開始階級的陰影仍是揮之不去。我這幾年用心傾聽人民的聲音。我想我很清楚知道他們的心聲，如果我的意見能對妳有所幫助，請讓我知道。」

我訝異地抬起雙眉，思考他說的這段話。多虧了那些參與親王競選的男孩，我這陣子能夠更了解一般人的生活。不過，若是再多個體察民情的顧問，就更完美了。雖然在短暫掌權的這段期間，我沒有多大的野心，但如果藉此讓人民知道我很在乎他們，這會相當有幫助，尤其是考量到亞倫在信中告誡的事。

每次一想到亞倫寫的那些話，我都覺得像是重重挨了一拳，但我心裡知道，他如果覺得只是白費唇舌，就不會告訴我人民討厭我的事。即便他離我遠去，我還是相信他的判斷。

「謝謝你，馬里德。如果我能設法減輕父王的壓力，那將會是一件很棒的事。我很希望當他準備好回來工作時，國家能處於近幾年來最安定的一刻。我會和你保持聯絡。」

他從口袋拿出一張名片，遞給我。「這是我個人的電話號碼。歡迎隨時打來。」

我嘴角輕揚。「你幫助我不會惹你父母不高興嗎？這不算是通敵嗎？」

「不、不。」他語氣輕鬆地說。「我們的父母有著相同的目標，只是用的方法不同而已。現在妳母親生病了，妳不該操心那些其實可以挽回的事，當然社會民心也是其中之一。以現在而言，我想我們的父母都會同意我們合作。」

「但願如此。」我說。「最近太多事情分崩離析。有機會修補關係也對我有好處。」

4

我滑入浴缸，發覺水裡沒有薰衣草，沒有泡泡，也沒有添加任何精油。艾若絲動作安靜迅速，但她終究不是妮娜。我發出一聲嘆息。算了，我想，至少在寬敞的浴室，我終於不用假裝知道自己在做什麼。我將雙膝蜷到胸前，放聲啜泣。

我該怎麼辦？亞倫再也不在身邊提點我，少了他，我擔心自己會犯下一個接一個的錯誤。而且爲什麼他還沒打電話回來？爲什麼他沒有搭第一班飛機回家？

萬一他們把媽媽喉嚨裡的管子抽出，她卻沒辦法自己呼吸怎麼辦？我忽然發現，雖然我心底從未具體想過結婚生子，但我一直都想像著媽媽在我婚禮上跳舞的身影，以及她哄著我第一個孩子的畫面。萬一她不在了怎麼辦？

我要怎麼代替爸爸治國？光是今天我就累到了骨子裡。我無法想像接下來幾個星期每一天都得如此，更不用說等我眞正登基之後，下半輩子都必須過著這樣的生活。

而且我要怎麼選丈夫？誰是最好的人選？人民最認同的是誰？還有，問這個問題對他們公平嗎？我懷抱著這樣的問題，對嗎？

我像小孩一樣，用掌根揩去眼淚，我多希望自己能回到過去，回到那個仍不知道人生會一夕之間風雲變色的自己。

我擁有權力，卻完全不知該如何運用。我是統治者，卻不知該如何領導人民。我是雙胞胎其中之一，如今卻孤孤單單一個人。我是女兒，卻失去了父母的依靠。我有六個追求者，卻不知該如何戀愛。

我心中悶燒的壓力足以讓任何人崩潰。我揉揉胸口的痛楚，心想不知道媽媽的病是不是也是這樣開始的。我嘩啦一聲從水中坐起來，將思緒拋出腦海。

妳不會有事的，她不會有事的，妳唯一必須做的就是堅持下去。

我穿好衣服，正準備上床睡覺，門口忽然傳來怯懦的敲門聲。

「小伊？」有人喚著。

「歐斯頓？」他頭探了進來，卡登緊跟在他後面，我快步跑向他們。「你們兩個怎麼了？」

「我們很好。」卡登安慰我。「我們也沒有害怕喔。」

「完全不怕。」歐斯頓補充。

「但我們沒有聽到任何關於媽媽的消息，我們覺得也許妳會知道。」

我敲了一下頭。「對不起。我早該跟你們說發生什麼事了。」我內心暗暗咒罵自己，剛才我花了二十分鐘泡澡，卻完全沒想到該去找自己的弟弟。

「她在休養。」我小心翼翼選擇要說出口的字詞。「醫生現在讓她好好睡覺，她才能恢復健康。你們很了解媽媽的。她一醒來一定會追著我們到處跑，確定我們有做好每一件該做的事。所以先讓她睡覺，她才能好好休息，這樣她醒來的時候，身體就好了。」

「喔。」歐斯頓努力挺起胸膛，但是我看得出來，這一切不只影響了我，對他們來說更難面對。

「那亞倫呢？」卡登摳著手上的肉刺，我以前從沒見過他有這習慣。

「還沒有消息，但我相信這是因爲他才剛到法國。畢竟，他現在結婚了。」

從卡登的表情看來，他對這個答案不滿意。「妳覺得他會回來嗎？」

我深吸一口氣。「我們今晚就別擔心這個了。我相信他很快就會打電話來，那時他會告訴我們所有事情。至於現在，你們兩個必須知道的是，你們的哥哥很開心，你們的媽媽不會有事，一切都在我的掌控之中。好嗎？」

他們綻放笑容。「好。」

歐斯頓的表情原本完全正常，瞬間臉色一變，嘴唇開始顫抖。「是我的錯，對不對？」

「什麼你的錯？」我單膝跪到他面前。

「媽媽生病都是我的錯。她一直叫我乖一點，然後她都會用手梳過自己的頭髮，像是她累壞了一樣。都是我的錯。我害她太累了。」

「但是，至少你沒有拿學校的事來煩她。」卡登靜靜地說。「我一直煩她，一下要買書，一下要請更好的老師，她明明在忙別的事，我卻還一直追著她，要她回答問題。她的時間都被我用光了。」

所以我們全都在怪自己。眞是好極了。

「歐斯頓，別這麼想。永遠不准。」我鄭重地說，並且把他拉過來，用力抱住他。「媽媽是王后。眞要說的話，你是她人生中最沒有壓力的部分。對，身爲母親很不容易，但她想開懷大笑的時候總是會來找我們。我們四個人裡頭最好笑的是誰？」

「我。」他的聲音很小，但他擦著鼻子時，確實已稍稍露出微笑。

「沒錯。卡登，你覺得媽媽會希望你問她一大堆問題，還是看你自己懷著錯誤的答案茫然度過一生呢？」

他又一邊拔著手指的肉刺，一邊思索了一會。「她會希望我去找她。」

「這不就對了。坦白說──我們一個個都是煩人精，是不是？」歐斯頓大笑，卡登也不禁露出了笑容。「但不管我們怎麼煩她，她都很高興。她寧可逼我練字，也不願意少了我這個女兒。她寧可當你的生活百科，也不願意我們不找她。她寧可求你坐好，也不願只有三個孩子。這一切都不是我們害的。」我向他們保證。

我期待他們轉身跑出房，忘記自己生命中的小挫折。但他們沒有就此罷休。我在心裡嘆了口氣，知道他們的期盼。我發覺爲了他們，我已準備好犧牲我最需要的睡眠。

「你們今晚想待在這裡嗎？」

歐斯頓一頭衝向我的床。「好耶！」

我搖搖頭。我該拿這兩個小蘿蔔頭怎麼辦？我爬到床上，卡登靠著我的背，歐斯頓躺在另一邊的枕頭上。我發現廁所燈沒關，但我想算了。此時我們都需要一點光。

「少了亞倫感覺好不一樣。」卡登靜靜地說。

歐斯頓手臂靠近身體，將自己縮成一團。「對啊。感覺不對。」

「我知道。但別擔心。我們會找回新的正常生活。你們之後就知道了。」雖然不知道該怎麼辦，但爲了他們，我會讓一切成眞。

5

「早安，公主殿下。」

「早安。」我跟男侍說。「請幫我拿杯濃咖啡，謝謝，還有拿一些吃的，只要是主廚替菁英候選人準備的都可以。」

「沒問題。」

他端來藍莓鬆餅、小香腸和一顆對切的水煮蛋。我邊吃早餐，目光邊掃過報紙。報紙上有區域氣候不好的報導，另一版還有一些我會跟誰結婚的猜測，但整體而言，看來全國上下已經是茶不思、飯不想，都在擔心母后的病情。我心中充滿感激。在看過亞倫的信之後，我很確定一旦我成為攝政王，全國各地將會義無反顧地出現革命叛亂。我心裡一角至今仍在擔心，如果我顯露出一點失敗的跡象，他們的恨意一定會毫不留情轟向我。

「今天好！」某個人大喊。不是**某個人**。就算我在墳墓裡都認得出來這是亨瑞的聲音。

我抬頭微笑，朝他和愛瑞克招手。亨瑞不受皇宮裡悲傷的氣氛所影響，我很喜歡他這點。而愛瑞克彷彿是將他拉回地球表面的那隻手，不論周圍發生什麼事，他總是冷靜又善良。

歐斯頓、卡登和凱爾一起走進餐廳，他們邊走邊說話。我從凱爾的肢體動作看得出來，他正試著逗兩個人笑，不過他們只緊閉雙唇，勉強擠出笑容。伊恩和海耳及法克斯一起進來，我看到他終於和其他人有互動，心裡又驚又喜。剛諾跟在他們身後，好像被遺忘了一樣。他能成爲菁英候選人是因爲我一直記得他那首讓我捧腹大笑的詩。但除此之外，我幾乎不認識他。我一定要再努力多了解他，多了解大家。

弟弟在他們平常的座位一起坐下，他們比平常安靜。看到我們家的桌子這麼空，我不禁一陣悲傷湧上來。孤單的感覺無聲無息，不知不覺襲上心頭。我看得出來，悲傷正漸漸爬入我弟弟的心中，他們自己可能沒發現，但我看得出他們的頭又垂得更低了。

「歐斯頓？」他轉頭瞄向我，我感覺到候選人的目光都在我身上。「你記得媽媽做鬆餅給我們吃那次嗎？」

卡登開口大笑，轉向其他人說起這個故事。「我們媽媽小時候常煮飯，所以她偶爾也會親自下廚，替我們做料理，你知道，就只是好玩而已。上次她做料理應該是四年前了。」

我調皮地笑了笑。「她知道自己太久沒料理，可是她想替我們做藍莓鬆餅。總之，她想把藍莓埋進麵糊，排成星星、花和笑臉的形狀。但她花太多時間放藍莓，麵糊在煎盤上煎太久，等她翻過來的時候，鬆餅全烤焦了。」

歐斯頓大笑。「我記得！我記得咔啦鬆餅！」

我聽到候選人呵呵笑了。

「可是妳好壞，妳連一口都不吃！」卡登指責我。

我羞愧地點頭。「我是為了自保。」

「其實還滿好吃的。是脆的，可是很好吃。」歐斯頓咬了一口面前的鬆餅。「這些鬆餅都比不上。」

我聽到一串響亮的笑聲，看到法克斯搖著頭。「我爸廚藝也很爛。」他提高音量向大家說。「我們常烤肉，他老是說『微焦』。」法克斯手指在空中打個括弧。

「其實全焦了，是嗎？」剛諾問。

「沒錯。」

「我父親啊。」愛瑞克羞怯地說。我好訝異他居然想加入這個話題，我把手肘靠在桌子上，支著頭，專心聽著。「他和我母親有一道專為彼此做的料理，也是用烤的。他上次做的時候，出門忘了關火，黑煙薰得屋子臭死了，他們不得不搬來跟我住個兩、三天，等屋子味道散掉。」

「你有客房嗎？」凱爾問。

愛瑞克搖搖頭。「沒有。所以我的客廳變成我的臥室，當我媽六點起來決定要好好打掃一番時，那場面眞是永生難忘。」

剛諾大笑附和。「爲什麼父母老是要這樣？老是選在你終於可以賴床的那天安排一堆計畫？」

我瞇起眼。「你們爲什麼不直接請他們不要這樣呢？」

法克斯放聲狂笑。「是妳的話也許可以吧，公主殿下。」

我清楚地知道他在開我玩笑，但我明白他沒有惡意。

海耳開口。「說到這個，有沒有人擔心自己被皇宮裡的生活慣壞，萬一輸了，回家會不習慣？」他比了比餐桌和四周。

「我可不擔心。」凱爾淡淡地回答，其他人大爆笑。

整間餐廳熱熱鬧鬧，你來我往說著一段段故事，每一句話都牽起某一個人的回憶。談話聲逐漸變大，笑聲也喧騰起來，以致沒人注意到有個侍女穿越餐廳。她行個禮，彎身靠近我。

「妳的母親醒來了。」

我一時各種情緒全湧了上來，五味雜陳中，我只分辨得出那股純粹的喜悅。

「謝謝妳！」我衝出餐廳，沒花時間多等卡登和歐斯頓。

我飛奔過走廊，衝向皇宮中醫院所在的廂房，等我到她門口才停下腳步，整頓思緒，讓自己冷靜。我緩緩推開門，先是注意到生理監視器仍記錄著每一下心跳，我們雙目相交時，她的心跳加快了一拍。

「媽？」我輕聲說。

爸爸轉頭望向我，露出笑容，不過他雙眼通紅，眼眶中滿是淚水。

「伊德琳。」媽媽輕聲說，伸出她的手。

我走向她，淚水讓我的視線變得一片模糊，我幾乎看不清她的樣子。

「嘿，媽。妳還好嗎？」我用手指裹住她的手，並小心別握得太用力。

「有點痛。」這代表一定超痛。

「總之，妳讓身體慢慢復元，好嗎？不用急。」

「妳好嗎？」

我挺起胸膛，希望能讓她安心。「所有事情都在掌控中，卡登和歐斯頓很乖——我相信他們馬上就會來了。還有我今晚有個約會。」

「幹得好，小伊。」爸爸咧嘴一笑，轉向媽媽。「看吧，親愛的？外頭根本用不上我。我可以在這邊陪妳。」

「亞倫呢？」媽媽問完深吸一口氣。

我心一沉，張開嘴，正想告訴她我們沒有他的消息，爸爸就開口了。「他今早打過電話回來。」

我愣在原地，大吃一驚。「喔？」

「他希望能趕緊回家，但他說事情有點複雜，他也有點慌張，沒有多解釋是怎麼回事。他要我轉達他愛妳。」我好希望他也這麼對我說，但爸爸說話時直直望著媽媽。

「我要我的兒子。」媽媽語帶哽咽。

「我知道，親愛的。快了。」爸爸撫摸媽媽的手。

「媽媽？」歐斯頓來到房中，他臉上的興奮藏也藏不住。卡登抽著鼻子，努力挺起身子，盡量不讓自己哭出來。

「嗨。」媽媽設法擠出了一個大大的微笑，歐斯頓彎身抱她時，她痛得皺起眉頭，但沒發出任何聲音。

「我們一直都很乖。」他保證。

媽媽莞爾一笑。「咦，怎麼可能有這種事？」

我們大笑。

「嗨，媽。」卡登親親她的臉頰，似乎還不太敢碰她。

她伸出手，捧著他的臉。光是見到我們，似乎就能讓她變得越來越強壯。我不禁心想，要是亞倫也在的話，她會怎麼樣？直接跳下床嗎？

「我希望你們知道我沒事。」她胸口緩緩升起，然後又快速沉下去，但她臉上溫柔的笑容卻絲毫不減。「我想我明天就可以上樓了。」

爸爸馬上點頭。「對，如果平安度過今天，你們的母親就可以回房靜養。」

「眞是太好了。」卡登聽到這消息，聲音變得有精神多了。「所以妳已經復元一半了。」

我不希望扼殺他和歐斯頓眼中的希望。卡登其實非常聰明，他能看透任何一絲僞裝，所以他內心一定不斷說服自己相信這是眞的。

「沒錯。」媽媽說。

「好了，大家。」爸爸說。「現在你們見過媽媽了，我希望你們回去用功。我們還必須管理一個國家呢。」

「伊德琳讓我們放假。」歐斯頓抗議。

我心虛一笑。今早我們起床時，我給他們的唯一命令，就是要他們好好玩。

媽媽大笑，聲音虛弱，但卻是此時最美的聲音。「眞是個仁慈的女王。」

「還不是女王啦。」我抗議，心中萬分感激我們的王后仍活著，仍能說笑。我說完臉上也掛上笑容。

「無論如何，」爸爸說。「你們的母親需要休息。我會讓你們睡前再來見她一次。」

弟弟聽了安心不少，他們離開時向媽媽揮揮手。

我親親她的頭。「我愛妳。」

「我的女兒。」她纖弱的手指拂著我的頭髮。「我也愛妳。」

這句話是我今天的第一個支撐點，而凱爾·伍德渥克是另一點，想到他就能讓我撐過剩下的時間。

我走出醫院廂房時，馬上碰到另一個伍德渥克家的人。

「瑪琳小姐？」我問。

她坐在長凳上，抬起頭，手中扭絞著一條手帕，她臉上滿是淚痕。

「妳還好嗎？」

她擠出微笑。「好多了。我好怕她不會回來，而且……少了她，我眞的不知道該怎麼辦。我這一輩子都跟妳媽媽在這裡生活。」

我坐下來，抱住母親最親密的朋友，她也抱著我，彷彿我是她的親生女兒。我心裡一角滿是酸楚，因爲我知道她的話一點都不誇張。她手掌上的疤痕述說著一段漫長的故事，見證她如何從有利的候選人成爲惡毒的叛國賊，最後成爲忠貞的摯友。她們聊到過去時，有些細節會輕描淡寫帶過，我也從未追問，因爲那不是我該問的事。而且我仍擔心瑪琳小姐心中有所芥蒂，覺得她和丈夫有義務回報我父母的恩情。

「聽說妳和弟弟來看她，我也想見她，但我不想打擾你們。」

「妳有看到我弟弟嗎？我們已經見過面了。妳趕快進去吧，不然她待會又要睡著了。我知道她會想見妳。」

她又擦了擦雙頰。「我看起來怎麼樣？」

我大笑。「很傷心，但是傷心的模樣很美。」我用力抱抱她。「進去吧。妳有空可以多替我看看他們嗎？我雖然想多來幾趟，但我知道我應該沒有辦法。」

「別擔心。我會盡可能多跟妳說他們的狀況。」

「謝謝妳，瑪琳小姐。」

我們抱了最後一下，她走進醫院廂房。我嘆口氣，試著讓自己沉浸在短暫的平靜之中。至少目前為止，事情一點一滴好轉起來。

6

凱爾的手扶在我的後腰上，帶著我在花園中漫步。圓月低垂，在黑夜中照出一道道陰影。

「妳今天早上眞不簡單。」他搖搖頭說。「我們全都擔心著妳媽，而且少了亞倫好奇怪。還有卡登？我從來沒見過他這麼……不知所措。」

「糟透了。他平常是最穩重的人。」

「別太擔心。他有點嚇到是很正常的。」

我又更靠近凱爾。「我知道。只是看到一個不曾驚慌的人這麼茫然，感覺很不忍心。」

「所以這頓早餐才這麼不可思議。我原本以爲大家會一起沉重地吃早餐，什麼都不能提，甚至無法交談。結果妳竟然如此自然地打開了話匣子。眞的很厲害。妳千萬別忘記自己擁有這個能力。」他朝我搖著一根手指。

「什麼能力？轉移注意力的能力嗎？」我大笑。

「不是。」他思索著該怎麼解釋才好。「比較像懂得緩和氣氛的方法。我的意思是，妳之前也辦到了。不管是在宴會上，或是在《報導》上，妳都能改變風向。那不是每個人都辦得到的事。」

我們走在花園邊，一眼望去，土地平坦開闊，草地的盡頭是一座森林。

「謝謝。這話對我很有安慰作用。我一直很擔心。」

「擔心也沒什麼不對。」

「這事比媽媽的狀況更讓我憂慮。」我停下腳步，手叉著腰，拿捏著自己該透露多少心事。「亞倫留了一封信給我。你知道人民不滿意君主制嗎？尤其很多抨擊是針對我而來。基本上，現在統治人民的人就是我，老實說，我不確定他們會不會支持我？我已經被丟過食物一次，還看到好多不堪的評論和報導……要是他們反對我呢？」

「要是他們真的反對呢？」他開玩笑說。「反正又不是沒有其他選擇。我們可以改成獨裁專制——那樣人民就會乖乖的了。或者改成聯邦共和政體、君主立憲……喔，也許可以改成神權政體！我們就把一切都交給教會。」

「凱爾，我是認真的！萬一他們想推翻我呢？」

他雙手捧著我的臉。「伊德琳，這種事不會發生。」

「這種事以前就發生過！我祖父母就是這麼喪命的。人民闖入他們的家中，殺死他們。而且人民明明都很愛戴我的祖母！」我的淚水瞬間湧上來。

老天！我這陣子怎麼變成了一個愛哭鬼！我手忙腳亂地撥開他捧著我臉龐的手指，趕緊抹掉眼淚。

「聽我說。那只是一群激進分子。他們現在已經瓦解了，外頭的人民都忙著過各自的日子，才沒空破壞妳的生活。」

「我可不能冀望這點。」我輕聲說。「生命中有些事情我一直都很確定，但就在過去這幾個星期之間，所有事情都一一分崩離析。」

「妳現在……」他遲疑了一下，凝視著我的雙眼。「妳現在需要暫時停止思考嗎？」

我嚥了嚥口水，思考他的提議。寂靜的夜，我們兩人獨自在黑暗裡，感覺彷若回到我們初吻的那天晚上。只是這次，四周沒有人在看，沒有人會把這個吻刊登在報紙上。我們的父母都不在身旁，沒有侍衛尾隨在後。一瞬間，這對我來說代表我能自由自在，隨心所欲。

「只要妳開口，我願意爲妳做任何事情，伊德琳。」他輕語。

我搖搖頭。「但我不能開口。」

他瞇起眼。「爲什麼？我做錯什麼了嗎？」

「沒有啦，白痴。」我抽開身子說。「顯然……」我氣惱地說。「顯然是你做對了什麼，所以我不能裝作沒事一樣親你，因爲我發現你對我不是毫無意義。」

我盯著地面，越想越氣。

「說起來，都是你的錯！」我罵他，邊走邊狠狠瞪他。「我不喜歡你的時候過得很好。我不喜歡任何人的時候都過得很好。」我掩住臉。「結果現在我深陷其中，我好迷惘，整個人亂得根本沒辦法好好思考。我知道你很重要，可是我卻不知道該怎麼辦。」等我終於鼓起勇氣，再次抬頭看他，竟發現他一臉頑皮地笑著。「很煩耶你，幹麼得意成那個樣子。」

「對不起。」他說，但卻抹不掉他臉上的微笑。

「你知道我說出這些話有多害怕嗎？」

他伸出手，拉近了我們之間的距離。「可能就像我聽的時候那麼害怕。」

「我是很認眞的，凱爾。」

「我也是！首先，只要想到這代表什麼意思，感覺就很怪。因爲妳一出生就有了頭銜，有個王位和一整段規畫好的人生等著妳。一時之間就要我接受這一切，簡直強人所難。再來，比起其他人，我最明白妳習慣把牌都抓在手裡。剛才的表白對妳來說一定非常痛苦。」

我點點頭。「也不是說我氣自己喜歡你……只是我有點這麼覺得。」

他忍俊不禁。「這話聽了眞是讓人火大。」

「但在我們更進一步之前，我現在必須知道，你對我有類似的感覺嗎？即使是最微小的火花之類的？因爲如果沒有的話，我必須擬定計畫。」

「如果我說有呢？」

我舉起雙手，然後手向下一放，垂在身側。「那我還是要擬定計畫，但兩個計畫完全不一樣。」

他大嘆一口氣。「其實，妳對我來說也很重要。要不是我最近的設計，我也沒想到自己有這份感覺。」

「呃……有這麼浪漫？」

他大笑。「唉唷，真的啦，有一點點浪漫。通常我最喜歡設計的是摩天大樓、遊民收容所等等，不是大家會記得的建築，就是能幫助人的建築。但那天我發現自己在爲妳設計避暑行館、小型離宮，或者一座葡萄莊園之類的。今早我還靈機一動，想建個濱海別墅。」

我倒抽了口氣。「我一直想要濱海別墅！」

「但是妳還要管理全世界什麼的，我們最好有時間去度假啦。」

「不過還是很貼心。」

他聳聳肩。「總而言之，看來我最近想到的建築都是爲妳而設計的。」

「這對我來說意義深重。我知道你的作品對你來說有多重要。」

「不算是我眞正的作品。只是我在乎的事物而已。」

「那好吧。不如我們暫時把感情歸類到那一部分？這是兩人都在乎的事，我們彼此心裡有數，接下來，我們看事情會怎麼發展。」

「很合理。我並不想潑妳冷水，但要說這是愛，感覺還太早。」

「沒錯！」我同意。「太早了，而且愛太沉重了。」

「太忙了。」

「太可怕了。」

他大笑。「跟被推翻一樣恐怖？」

「至少同等級！」

「哇哈！好。」他繼續面帶笑容，也許還同時在思考我們彼此不來電的可能性。「所以，現在呢？」

「我想，我會讓競選繼續下去。我不想傷害你的感情，但我必須繼續進行。我需要更確定自己的感覺。」

他點點頭。「如果妳不愛我，我也不會想要妳。」

「謝謝你，先生。」

我們站在那裡，四周只有風吹過草坪的聲音。

他清了清喉嚨。「我想我們需要點食物。」

「只要我不用自己料理就好。」

他伸手摟住我的肩膀，我們轉身走向皇宮，這感覺像極了男朋友會做的事。「但我們上次做得滿好的。」

「我唯一學到的就是奶油。」

「那妳就全都學會了。」

早上，我好想看看媽媽的臉，便直接走向醫院廂房。就算她仍在睡覺，我也只是需要看看她，好提醒自己媽媽還活著，而且正在漸漸康復。但這次我打開門，她已清醒地坐在床上……爸爸卻還在睡覺。她漾著微笑，一根手指舉到雙唇上。她另一隻手溫柔地拂過他平順的頭髮，爸爸坐在椅子上，身體俯在床邊，他一手枕在頭下，另一手放在她的腿上。

我靜靜走到床另一邊，親了她的臉頰。

「我晚上一直醒來。」她輕聲說，並摟了我一下。「這些管子什麼的吵死我了。每次我醒來，他都會驚醒，檢查我的狀況。看到他睡著我也比較放心。」

「我也是。他最近看起來有點憔悴。」

她會心一笑。「欸，我看過他更糟的時候。這次他也會撐過的。」

「醫生來檢查過妳身體狀況了嗎？」

她搖搖頭。「我請他們待會再來，讓他休息一下。我不久就會回到自己的房間了。」

想也知道。才剛心臟病發的女人，為了讓丈夫小睡片刻，當然要委屈自己，晚點再回房啊。說真的，就算我真的能找到真命天子，又怎麼可能跟這對神仙眷侶相比呢？

「妳還好嗎？大家都有幫妳嗎？」媽媽用手繼續梳著爸爸的頭髮。

「我把卡德理革職了。我想我昨天沒告訴妳。」

她動也不動，專心望著我。「什麼？爲什麼？」

「喔，沒什麼啦。只是他想開戰而已。」

看到我這麼豪邁地討論戰爭，她手摀住嘴，努力憋笑。但一秒之後，她的笑容馬上消失，雙手按著胸。

「媽？」我聲音太大。爸爸的頭馬上唰一聲抬起。

「親愛的？怎麼了？」

媽媽搖搖頭。「只是縫線的地方在痛。我很好。」

爸爸又坐回椅子上，但身子坐得直直的，好像暫時睡飽了，充夠電了。媽媽試著重啓話題，盡量別想著疼痛。

「競選怎麼樣？事情順利嗎？」

我頓了頓。「嗯，還好，我想。因爲我沒有太多時間和男生相處，但之後我會想辦法。尤其新的《報導》又要轉播了。」

「妳知道，乖女兒，妳取消競選沒有人會怪妳。妳這一週已經歷太多事情，而且妳還是攝政王。我覺得妳不需要權衡這麼多事。」

「他們都是非常好的男孩子。」爸爸說。「但如果會害妳自顧不暇的話……」

我嘆口氣。「我想我必須承認，至少在一般大眾眼中，我其實是全家族中最不受人愛戴的一個。妳說沒有人會怪我，但我非常篤定他們一定會怪我。」爸媽交換眼神，好像想反駁，可是又不想說謊。「如果有朝一日我當上女王，我就必須贏回人民的心。」

「妳覺得找個丈夫就能達成？」媽媽懷疑地問。

「對。一切的關鍵就在於他們對我的看法。他們覺得我太冷酷了，要是想反駁這點，最直接的方法就是結婚；他們覺得我太男性化，最直接的反證就是成爲新娘。」

「我不知道。對於妳這個決定，我還是很猶豫。」

「要我提醒妳競選是妳的主意嗎？」

她嘆氣。

「聽妳女兒的話。」爸爸說。「她是非常聰明的女孩。這點遺傳我。」

「你不想再多睡一點嗎？」她冷冷地問。

「不，我覺得我已經恢復精神了。」他說。我不確定他是因爲想繼續聊天，還是因爲他覺得要繼續注意媽媽的狀況。無論如何，他顯然在說謊。

「爸爸，你的臉看來像被死神打了一拳。」

「妳這點一定也遺傳我。」

「爸！」

他大笑，媽媽也笑了，她又用手去按住胸口。

「看吧！你的冷笑話現在造成性命威脅了。你不准再說了。」

他和媽媽相視而笑。「妳覺得該怎麼做就放手去做，伊德琳。我們會用盡全力支持妳。」

「謝謝妳。謝謝你們，拜託好好休息。」

「哎呀，她好霸道。」媽媽唉聲嘆氣。

爸爸點點頭。「我知道。她以爲她是誰啊？」

我回頭看了他們最後一眼。爸爸朝我眨個眼。不管今天誰反對我，至少我擁有他們。

我離開他們，大步上樓走進辦公室，訝異地發現桌上有一束美麗的鮮花。

「看來有人覺得妳做得很好，對吧？」妮娜說。

「或者他們覺得我會因爲壓力早死，想趕快搶先一步。」我開玩笑說，不想承認自己有多麼驚喜。

「開心點。妳眞的做得很棒。」但妮娜的眼睛甚至看也不看我，目光一直飄向隨花送來的卡片。

我趕緊把卡片緊靠到胸前，她忍不住呻吟，接著我把卡片掀起一點點，只給我自己看到。

我們那天分開時，妳看起來心情不怎麼好。希望藉著這些花朵讓妳今天有個美好的開始。我永遠支持妳。

馬里德

我漾起笑容，把卡片交給妮娜。

她看完，嘆了口氣才把卡片還我，眼睛望向巨大的花束。

「這是誰送來的？」萊傑將軍從門口走進來問。

「馬里德．伊利亞。」我回答。

「我聽說他來了一趟。他是專程帶禮物來，還是他有什麼需要幫忙？」將軍狐疑地問。

「怪的是，他來是爲了確認我有沒有什麼需要幫忙。他想幫助我多了解人民。他比我更清楚階級制度影響下，一般人過著什麼樣的生活。」

萊傑將軍走到我身旁，望著桌上過分華麗的花束。「我不知道。妳們家和他們家以前算是有點不歡而散。」

「我記得非常清楚。但在那一天到來之前，能多知道一些事也好。」

將軍朝我微笑，他表情柔和下來。「妳擔當大任的那一天已經到了，公主殿下。別輕易信任別人，好嗎？」

「是的，將軍。」

妮娜仍一副心醉神迷的樣子。「該找個人好好教一下我男朋友。好歹我也算是大大升官了。我的花呢？」

「也許他打算親自送來。那樣更浪漫。」我說。

「哼！那傢伙？」她毫不指望地說。「如果皇宮裡的人全死光，我莫名其妙成了女王，他可能還是連假都請不成。他總是好忙。」

雖然她在開玩笑，我還是聽得出她的哀傷。「但他很喜歡他的工作，對吧？」

「喔，對啊，他喜歡研究。只是他一直這麼忙，又離我好遠，我覺得好辛苦。」

我不知道該說什麼，只好又把話題再拉回我的禮物。「不過，這一束花有點誇張，妳不覺得嗎？」

「我覺得好完美喔。」

我搖搖頭。「儘管如此，花可能還是要移到別處。」

「妳不想看到嗎？」妮娜已經去拿花瓶，但她還是先問一聲。

「不。我需要桌子騰出空間來。」

她聳聳肩，小心地把花拿起，帶到客廳。我坐在桌前，試著集中精神。如果我要贏回人民的心，我必須專注。那就是我該做的事——亞倫也這麼說。

「等一下！」我不小心叫得太大聲，把妮娜嚇了一大跳。「把花放回原位。」

她白了我一眼，但還是把花拿回來了。「妳怎麼改變主意了？」

我抬頭看著花，手指摸著幾片低垂的花瓣。「我只是想起，我領導大家時，仍然可以喜歡花朵。」

7

到了晚餐時間，我非常擔心自己吃沒兩口就睡著了。其實我不出現，可能也沒有人會介意。除非我炒熱氣氛，不然通常大家都是安安靜靜地用餐。但當我到樓下，看到外婆朝男侍揮舞著包包，我就知道今晚肯定不會無聊。

「你別跟我說我這時候不能來！」她揮舞滿是皺紋的拳頭，我咬著嘴唇強忍笑意。

「我沒有這麼說，女士。」侍衛回答，語氣焦慮。「我只是說天色暗了。」

「王后會想見我！」

外婆十分可怕。如果我在位期間真的發生戰爭，我的戰略就是派她到前線。她一星期就會揪著敵人的耳朵凱旋歸來。

我走到門廊。「外婆。」

她馬上轉過來，露出慈祥的表情。「喔，瞧我的寶貝孫女。電視根本糟蹋妳了──妳這麼漂亮！」

我彎腰，讓她親吻我的雙頰。「我想……我該說謝謝。」

「妳母親呢？我一直想過來一趟，但玫兒堅持要我別多管閒事。」

「她現在好多了。我帶妳去找她，但外婆妳要不要先吃點東西，休息一下？」我朝餐廳比了比。

外婆在我小時候曾住過皇宮一陣子，但即便媽媽努力照顧她好幾年，最後她仍舊決定離開皇宮。至於她這趟「遠道而來」其實也不過是橫越市區一小時的車程，但照她風塵僕僕的樣子看來，簡直像是從伊利亞王國的另一端趕來。

「好啊，那太好了。」她來到我身旁說，「看，對待長輩就是該這樣。這才叫敬老尊賢嘛。」她又瞪了可憐的男侍一眼，男侍有口難言，只能提著她的包包呆站在一旁。

「謝謝你，法洛先生。請把行李放到三樓俯瞰花園的那間客房。」

他躬身行禮而去，我們則走進餐廳。幾個男生已經在餐廳等待，他們看到王后的母親都十分驚訝。法克斯立刻上前自我介紹。

「辛格女士，很榮幸見到妳。」他伸出手說。

「喔，他很可愛啊，小伊。妳看他這張臉。」外婆托住他的下巴，他不禁大笑。

「是啊，外婆，我知道。這就是他還留在這裡的一部分原因。」我用唇語向他道歉，但法克斯搖搖頭，笑容滿面，很開心自己能贏得她的讚美。

剛諾、海耳和亨瑞都上前來向她問好，我抓住機會小聲和愛瑞克說話。

「你明天忙嗎？」

他瞇起眼。「我想還好。怎麼了？」

「我只是打算和亨瑞約個會。」

「喔。」他說著搖搖頭，好像在表示這理所當然。「沒事，我們兩人都有空。」

「好。別張揚。」我強調。

「當然不會。」

「什麼？」外婆大喊。「你再說一次？」

愛瑞克趕緊過去，躬身行禮。

「不好意思，女士。亨瑞先生出生在史汪登威王國，他只會說芬蘭語。我是他的口譯。他說他非常高興見到妳。」

「喔，是啊，是這樣啊。」外婆握起亨瑞的手。「**我也很高興見到你！**」

我帶她走向主位。「他是只會說芬蘭語，他不是耳聾，外婆。」

「喔。」她只這麼回答，好像足以解釋一切。

「妳跟傑拉德舅舅聯絡了嗎？」

「傑拉德也想過來，但他現在手邊有個很趕的案子。妳知道我從來聽不懂他說的話。」外婆手在空中揮來揮去，像是要搧開舅舅那些深奧的用字一般。「我也跟柯塔聯絡了。他不確定自己該不該來。妳媽和他啊，他們試了這麼多年，但似乎還是沒辦法客客氣氣相處。不過他性子好多了。我想是受到妻子影響。」

我帶她到桌子另一端，她坐到了我的位子上。雖然只是暫時的，但我在她身旁坐上爸爸的位置時，心裡還是感覺怪怪的。是爸爸自己將好多事情託付給我，但感覺上卻像我偷走了他的東西。

「麗婭舅媽看來的確比較沉穩。」我附和。「我想這點很重要，夫妻彼此要能互補。」

外婆的沒耐心眾所周知，男侍趕緊端了熱湯到外婆面前。看她急呼呼地馬上喝起來，我露出微笑。

「妳外公跟我就挺合的。妳父母也是。」

我沒有動我面前的熱湯，反而托著下巴。「外公是什麼樣的人？」

「很好，非常好的人。他一直想做正確的事。他比我更有耐性，也不大會讓事情影響心情。我眞希望妳能認識他。」

「我也好想認識他。」

我讓她吃飯，雙眼朝餐廳望去。凱爾也跟我互補，他很謙虛，我很驕傲。亨瑞也有和我互補之處，他覺得一切都充滿樂趣，我則視一切爲挑戰。伊恩、法克斯、剛諾……他們每個人都有一些特質和我的個性截然相反。

「那個法國女生跟亞倫也是這樣嗎？」外婆問，毫不掩飾她心中的嫌惡。

我思索了一下。「其實沒有。感覺像他們共同擁有一顆心，只不過身體各裝著一半。」我的淚水盈眶。我好累，而且我好想念他。「他愛她愛到我都不知道該從何說起。」

她嘟噥：「愛到狠心離我們而去。」

我緩緩吐了口氣。「沒錯，外婆。和她分隔兩地，他感到心痛欲絕，他寧可拋下家人、皇宮和國家，甚至不顧此舉所造成的衝擊，也要和她在一起。」

她發覺我語氣中的悲傷，伸手過來握住我的手。

「妳還好嗎，乖孩子？」

我鎮定下來。「沒事。只是有點累而已。我應該去休息一下。」這時，卡登和歐斯頓正好跑進來，讓我能藉這機會離席。「弟弟會帶妳去找媽媽。」

她欣喜地尖叫。「我的孫子！」

我趁她分心之際慢慢退開，靜靜走到餐廳邊，靠到亨瑞身旁。

我拍拍他的肩膀，他吃到一半，抬起頭，臉上掛著不曾消失的笑容。「今天好！」

我咯咯笑。「你明天想跟我吃中餐嗎？」

我等愛瑞克翻譯，但亨瑞舉起一隻手，集中精神。「明天，中餐？」他問。

「對。」

「好，很好！對！」

我泛起笑容。「到時候見。」

我走出餐廳，回頭偷看到亨瑞抓著愛瑞克的肩膀，為我的邀請感到無比激動。他似乎也很開心自己剛才可以不需要翻譯。愛瑞克對亨瑞點點頭，為朋友感到高興……但我記得他從前的笑容比此刻更爲燦爛。

我望向時鐘。十二點十分。如果我現在上床睡覺，大概可以睡五個小時。十分鐘之後，事實證明那根本不可能。我以前很擅長讓腦袋放空，但如今不管我該不該休息，每一件未完成的事似乎都會在腦海中徘徊。

我穿上睡袍，手指梳過頭髮，光著腳溜到走廊上。也許我可以去辦公室做點事，等腦袋安靜下來再睡。但如果要工作的話，我需要咖啡。

時間已晚，侍女都已休息，於是我直接走向廚房。廚房的工作似乎是不分日夜，我相信那裡會有人能替我倒一杯咖啡。我走到二樓樓梯口時，嚇得向後一跳，因爲有個人忽然衝著我走過來。

「喔！」愛瑞克說，他突然發覺有人在他面前。

雖然我全身都包得好好的，但還是把睡袍又拉緊了一點，並將頭髮向後撥，希望自己看起來不會太驚慌。

他退開，兩手不知所措地亂動了一陣，然後唐突地敬個禮。他動作又急又慌張，我忍不住失聲笑了出來。

他自己也笑了笑，搖著頭，好像也覺得這一刻愚蠢莫名。他也身穿睡衣，一件藍條紋褲加上素色棉質T恤，光著兩腳走在皇宮中。

「你這時間到底在這裡幹麼？」我問。

「妳宣布菁英候選人之後，亨瑞就特別認眞念英文。而且因爲明天要跟妳約會，他想臨時多抱點佛腳。我們幾分鐘前才結束英文課，我正打算去廚房拿點茶和蜂蜜。聽說蜂蜜能安定精神，幫助睡眠。」他說這段話的時候，語調又低又急，好像生怕說多了會讓我覺得無聊。

「眞的？我也許明天可以試試。我其實也正要去廚房拿咖啡。」

「公主殿下，我覺得妳是個非常聰明的女人。所以，這件事由我來提醒，實在尷尬到有些難以啓齒，我想說的是，咖啡無法幫助妳入睡。完全不會。」

我咯咯輕笑。「不是啦，這點我知道。我是想要去做點工作。我一直睡不著，所以我想乾脆就讓自己有用一點。」

「我相信妳一直都很有用。就連睡覺的時候也是。」

我歪了歪頭，扶著欄杆緩步走下階梯，他則是靜靜尾隨在後。我腦中只想著第一眼見到他時，他像個灰暗的影子一般，毫不起眼。如今我才發覺，他表面木訥，但背後其實藏著一個聰明體貼、幽默風趣的他。雖然我仍不明白爲什麼，但我知道他很有內涵，他只是不讓多數人看到這一面。

「亨瑞好嗎？英文課順利嗎？」

他聳聳肩，雙手背到背後。「很好。但還不算非常好。我之前跟妳說過的事仍然不會改變。你們要自己溝通還要等非常久。但是他非常重視這件事，並傾盡全力學習。」他對自己點點頭，好像在腦中估計進度。「請原諒我——我早該問的。妳的父母親好嗎？我聽說妳母親已經醒來，身體已慢慢康復。」

「是的，謝謝你。她今天原本要回房，但她血液中的含氧量還是異常，所以他們讓她在醫院廂房多留一晚，以防萬一。爸爸仍睡在她病床旁的小床上。」

愛瑞克咧嘴一笑。「這樣妳就能在現實中見證『無論病痛健康，我們彼此相愛珍惜』的誓言。」

我點點頭。「坦白說，有時看到他們這樣很嚇人。要擁有一段與之比擬的愛情似乎不大可能。」

他淘氣地笑了。「我們不可能知道每一段感情的細節，就算是自己的父母親也一樣。其實，有時就因爲是自己的父母，所以更難得知。」他又補了一句，彷彿想起自己家裡的情況。「我向妳保證——妳爸一定有送過超爛的聖誕節禮物給妳媽，結果她跟他冷戰一整天。」

「不大可能。」

愛瑞克毫不動搖。「妳必須接受不完美，就算是妳心目中最完美的事也一樣。妳弟弟匆匆拉著一個女生閃電結婚，結果可能現在才發現，她打呼超大聲，他想睡都睡不著。」

我摀嘴想蓋住笑聲，但根本來不及。我一想到可憐的亞倫用枕頭摀住耳朵的畫面，不禁放聲大笑。

「非常有可能。」他又追加一句，看到我笑成那樣，他似乎很滿意。

「你幹麼破壞我對卡蜜兒的印象！我下次見到她要怎麼正經跟她打招呼啊？」

「不用，」他簡單回答。「直接大笑就好。妳對每個人的印象可能多少都和事實有點出入。」

我搖著頭嘆了口氣。「我想你說得對。但就是這樣讓一切都變得更加困難。」

「例如競選？」

「有時候，面對整間會議廳的政客似乎比面對六個男生還容易。就我目前所知，我至少犯了一打以上的錯誤。」

「這麼說，妳大多只靠直覺行事？」

「幾乎全是仰賴直覺。」

「嗯，妳對亨瑞的直覺倒是很準。他表裡如一，心地本來就很善良。不過，這點妳當然明白，所以才會讓他留下。」我注意到他語氣有點怪怪的，彷彿這是一件頗令人失望的事。

我雙手一拍，突然驚覺到我們早已走過了廚房。我暗自思忖，待會要是還想喝咖啡的話，可以之後再回頭來拿。

「整場競選都令人不知所措。我原本不該接受這場競選。以前，公主出嫁是爲了鞏固國際關係，但我父母答應過，他們絕不會這樣對我。所以，忽然要我從一屋子的男孩裡頭挑個伴……我簡直嚇死了。我只能憑每個人給我的印象來判斷，還得希望沒有人騙我。」

我鼓起勇氣望了他一眼，他神情專注，但臉上露出十分難受的表情。「那聽起來確實非常可怕。」他緩緩地說出口。「我很驚訝之前的競選過程竟能進行得如此順利。我不想太過失禮，但這似乎有點不公平。」

我點點頭。「我聽到這主意的時候，也是這麼跟他們說。但是他們堅持要我試試看，所以……」

「這麼說……這不是妳的主意？」

我愣住。

「妳曾眞心希望舉辦競選嗎？」

我背上竄過一陣寒意，發覺自己的謊言被拆穿了。這件事很可怕，因爲報上已有所暗示，許多人也如此揣測。

「愛瑞克，這件事千萬不能傳出去。」我靜靜地說，這句話不是命令，比較像個請求。「我承認，起初我完全不想要競選。可是現在……」

「現在妳戀愛了？」他問，語氣中滿是好奇，又帶點惆悵。

我大笑了一聲。「我有過很多感覺。我曾沖昏頭、害怕、絕望、期待。若能加上『戀愛』這一筆也不錯。」我想到凱爾以及我們在花園中的對話。我們的關係仍然不足以用愛來形容，而且，我們之間的對話此時也不適合跟愛瑞克明說。「有時候我覺得自己接近了，然而到目前爲止，競選都還只是一件我必須完成的事。背後有許多原因，也是爲了許多人。」

「我衷心期盼妳自己也是其中之一。」

「我是。」我保證。「只是也許不是大家所想的那樣。」

他沒有答腔，只是繼續緩步向前，邊思索我說的話。

「你不能說出去，任何人都不行。我不敢相信我居然對你說出實話。如果這場競選成了一場玩笑，或只是做做樣子——」

他舉起一隻手。「妳不需要擔心。我永遠不會背叛妳的信任。因爲我覺得妳的信任得來不易，我可不想隨意拋棄。」

我會心一笑。「我信任你一點都不意外。你早就替我保守了秘密，並在打鬥中英雄救美，而且你明明不用送我花，結果還是替我摘了。」

「那只是蒲公英。」

「見仁見智囉。」

我提醒他，他聽到我拿他的話反駁他，不禁咧嘴笑了。「我只是在說，你並沒有義務爲我做什麼，但卻爲我付出了很多。你早已贏得我的信任。」

「好。」他坦誠地說。「因爲我永遠都會在這裡，隨時隨地準備爲妳付出一切。」

他語氣真摯，毫無隱瞞，我不禁爲之著迷，萬物彷彿靜止，愛瑞克藍色的雙眸好清澈，和黑髮呈現完美的對比。也許正因爲這個緣故，此刻那雙眼才會顯得如此明亮奪目。

「眞的？」我問，雖然我毫無理由懷疑。

「當然了。」他回答。「妳未來會是我的女王。能替妳效勞是我的榮幸。」

我清了清喉嚨。「對。沒錯。謝謝你。我很欣慰，至少我不用拚上老命，也會有一群人支持著我。」

他的笑容很溫暖，足以讓我提醒自己，擁有像他這樣的人支持我，就像贏得了一場勝利。

「不好意思。」我退開說。「我眞的該去睡覺了。」

他鞠躬。「沒問題。我知道我的本分是照顧亨瑞，但如果有什麼我幫得上忙的，請不吝告訴我。」

我笑而不答，把背挺得筆直，大步走回房間。

8

「今晚的《報導》焦點會在妳身上。」布麗絲女士在我桌前踱步。看她踏著優雅的步伐，設想一切，著實令人心安。爸爸有時也會像這樣。他會要我跟他一起去花園散步，然後他會試著整理思緒，解決問題。

「我知道我一個人沒什麼經驗，但蓋佛瑞會幫忙。而且我想到了關於競選我要說什麼。」

「很好。也該是妳上菜的時候了。」她逗我說。「說到競選，還有一件事，我還在想值不值得一提。」

我瞇起眼。「怎麼了？」

「哎。」她開口。「馬里德．伊利亞昨天又上了一個廣播節目。妳想聽的話，我們有錄音，但基本上，他來訪皇宮和送妳花的事情傳出去了。」

「所以呢？」

「所以有人問他，這到底有沒有代表什麼意思。」

我望著她。「但我現在正在舉辦一場競選。怎麼會……？」

「他說了同樣的話，但他也說自己很遺憾這些年和妳失聯，妳長大之後變得多美、多知性。」她抬起一邊眉毛，我感覺我肚子一陣翻攪。

「他眞這麼說？」

她點點頭。

「我們爲什麼要提起這件事？」我試著緩和呼吸。

「妳必須意識到，你們兩人在報紙上已經被連結在一起。而這件事可能導致兩個走向：第一，妳的競選會大受抨擊，就好似妳完全不在乎競選，或者——」

「爲什麼競選會大受抨擊？」

「嗯，那感覺像是妳拋棄了所有候選人，選擇了他……」

「懂了。第二個走向是？」

「妳不反對的話，就會爲競選提供一個新的候選人。」

我大笑。「我相信競選規則具有約束力。我想我不能直接停止競選，選擇別人，對吧？」

她聳聳肩。「他很受人民歡迎。」

「妳是建議我考慮他嗎？」

「不。我建議妳注意這件事已經公開，妳必須衡量妳和他的互動，以及和菁英候選人的互動。」

「這點我做得到。尤其我幾乎和他沒什麼互動。我不會做出任何可能有害競選的事。我已經不小心犯了好幾個錯，而且我希望人民知道我很在乎競選。我沒有給他任何暗示，總之，我想這不值得在《報導》中提到。」

「我同意。」

「很好。」一個善良無私之舉竟然被渲染成緋聞，這種事只會發生在我身上。

「還有，請別誤會我的意思，妳今晚要穿什麼？」

我低頭看著自己。「我不知道。我幾乎都沒在打扮了。」

她看了看我的衣服。「我這麼說可能乍聽之下像批評，但相信我，我不是那個意思。我只是覺得妳必須再稍微向前一步。妳以前選擇、穿搭的衣服都很美，但我們不要一味著重於妳的時尚品味，應該試著讓衣服表達出妳想說的話。」

一想到要放棄自己親手打造的形象，改由其他人設計，我感覺像是肚子被捅了一刀。「我了解。妳怎麼想？」

她手臂交叉，仔細思索。「也許妳可以跟妳母親借一件禮服？」

我望向時鐘。「如果我現在去挑應該還來得及。唯一能及時把衣服改好的人是妮娜，但她必須幫我完成下星期的行程。而且我中午還有個約會。」

她一臉曖昧地拍了一下手。「噢噢噢噢。」

「妳幹麼？外婆告訴法克斯他有多可愛已經夠尷尬了，停止喔。」

布麗絲聽了捧腹大笑。「真的假的？」

「沒人能攔得住那女人。」

「一定是家族遺傳。快。去選件禮服。」

「好。我會去找海耳。我相信他跟妮娜一樣會改衣服，我們就來看看他動作多快吧。還有替我擬一張今晚的重點提要。我擔心我腦袋會一片空白。」

「交給我。」

我快步走到走廊，希望媽媽仍在醫院廂房，如果我爲了借件禮服進房打擾到她休息，我一定會難過得要命。我才走出門不到兩步，就看到剛諾在門外等我。他馬上從長凳上跳起來，躬身行禮。

「嗨。一切都還好嗎？」我走過去問。

「沒事。」他說。「嗯，只是我可能要做一件超級蠢的事情，我心臟都快沉到腳底了。」

「喔，別這麼說。我做的蠢事都夠我一輩子懊惱了。」

他咯咯笑了笑。「不是，不是那種。我只是……我想請妳替我做一件事。」

我驚訝地揚起眉毛，小心地回答。「好。我給你兩分鐘。」

他大聲吞了口氣。「好，哇。總之，我眞的很感激妳選中我爲最後六人。我覺得我一定有做對什麼，雖然我完全不知道究竟是哪一件事。」

我聳聳肩。「你寫的詩讓我笑了。幽默很重要。」

他露出笑容。「我同意，但這也稍微證明了我的看法。」他雙手不安地動著。「只是，競選已經到了後段，妳又這麼忙，我從來沒有跟妳一對一相處過，我不禁開始想，我的機會有多大？」

「這個問題很合理。但我現在眞的回答不出來。我還有好多事要想清楚。」

「沒錯。」他熱情地回答。「所以我要請妳答應一件很荒謬的事。我可以親妳嗎？」

我退了一步。「你說什麼？」

「如果妳不願意的話沒關係。但我想一個吻可以說明很多事情。我想一個吻就足以讓我們明白，我追求妳或妳考慮我是不是一件値得繼續下去的事。」

剛諾的請求從某方面來說其實很可愛，雖然凱爾和我接吻的照片已傳遍全國，但他仍不覺得我會隨意親吻別人。把看電影時對我有所冒犯的傑克驅逐出皇宮之後，他也有所體悟，所以面對我的態度更是格外愼重。光是憑這點，我就願意答應他的請求。但我還沒有機會更了解他，難道就要憑一吻決定是否放棄一個菁英候選人？這感覺很傻。

「你也許能成爲親王，能得到你這一生花不盡的金錢，甚至名氣高到沒看電視的人都認得你。但是你仍願意將一切賭在一吻上？」

「我願意將妳我的幸福賭在上面。」

我吸了一口氣，思考了一會。「好吧。」

「可以嗎？」

「可以。」

驚訝感消退之後，剛諾把手放到我的腰上。他臉傾向我，暫時停住，笑了笑。

「這有點不真實。」

「我在等你，先生。」

他微笑一下，接著我們雙唇碰觸在一起。這一吻有許多優點。他的嘴唇不僵硬，他也沒有想把舌頭伸到我嘴裡。他聞起來味道也很好，不過不是肉桂、花香，或是任何認得出來的味道。整體來說，我會說這個吻很不賴。

只是，我在親吻的同時竟然還能評分數……

剛諾抽開身子，雙唇緊抿，仔細思考。

「沒感覺，對吧？」

他搖搖頭。「我覺得沒有。我不是說妳吻技不好！」

「只是感覺沒有那麼夢幻。」

「沒錯。」他移了移重心，像是鬆了口氣。「謝謝妳讓我有機會經歷這一切，但我想我該回家了。」

我微笑。「你確定?你可以待到《報導》之後，早上再回家。」

「算了。」他害羞地笑了。「我想要是再留下來的話，我會說服自己回心轉意。妳可能是我見過最美的女孩子，但是……我覺得妳不是適合我的女孩。我這陣子一直告訴自己機會渺茫，我不希望再找另一個理由說服自己。」

我伸出手。「我尊重你的想法。祝你好運，先生。」

剛諾和我握手。「妳也是，公主殿下。」

剛諾走向樓梯口，我看到男侍帶著海耳往母親的房間走。我招手要他過來，不過他們兩人交錯時，海耳目光一直望向剛諾。

「剛諾在這裡幹什麼？」他問。

「他來下定決心。跟我來。我需要你的雙手。」

9

我穿著選好的禮服從更衣間走出來，用手壓著胸口，以免走光。「謝謝你幫忙。」我說，海耳開始動手，一邊拉著衣襬，一邊用珠針固定位置。

「妳在開玩笑嗎？我現在在爲未來的女王做衣服。我根本開心得要飛上月球了。」他又拉了拉，望著鏡中布料的質感。「當然，這跟畫設計圖爲妳量身訂做不一樣，不過對我的履歷還是大有幫助。」

我咯咯輕笑。「我只是抱歉讓你下午泡湯了。」

「反正紳士房有點無聊。我相信如果拜託凱爾的話，他會很樂意在我工作時來陪我。說不定伊恩也願意。」

「伊恩。」我驚訝地說。「很難想像他會願意跟誰去哪裡。」

海耳露出微笑。「是啊。我想他終於習慣跟我們在一起了。他有時會跟我和愛瑞克說話。但有可能因爲他不是候選人的關係。」

「有道理。伊恩看起來就是那種『我不是來交朋友』的類型，但我覺得參與競選的過程中，不可能一直拒人於千里之外，那樣太痛苦了。對我來說都已經那麼難受，可想而知你們也不好過。」

「不過，在競選中，我們絕對比妳輕鬆。」他朝鏡中的我眨眨眼說。

我歪著頭。「這我可不確定。我越想越難過，因爲除了最後一人，我必須把你們全都送走。我會想念有你們在的日子。」

「妳考慮過組個後宮嗎？」他面無表情地問。

我彎腰大笑，結果馬上被一根珠針刺到腰。「哎喲！」

「對不起！我不該在動針線的時候開玩笑。」

他走到我面前，我靜靜站好，他的雙眼逡巡，評估著整件衣服，這個眼神我很熟悉，我知道我面對設計和提案時也是如此，有時甚至也會這樣打量別人。「我想我們必須讓曲線流暢一點。妳確定王后會答應？因爲有些地方改了就不能反悔。」

「別擔心。只要你覺得有必要，隨便你怎麼調。」

「這樣讓我感覺自己好重要。」

「沒錯，你很重要啊。今晚你要幫我打扮得像個領導者一樣。這個形象要塑造成功，必須付出無數大大小小的心血，所以我欠你一次，或許兩次。不，至少兩次。」

「妳還好嗎？」

我抬頭，還沒意識到自己的語氣有多麼憂鬱沉重。「沒事。只是一下子有好多事情要處理。我必須努力穩定全局，就這樣。」

侍女留了一堆珠針在桌上，海耳拿了一根遞給我。「下次當妳感覺到事情四分五裂，就用這個。很有用，我保證。」

我緩緩接下珠針，用拇指和手指捏著旋轉，至少有一瞬間，我相信他說的是眞的。

亨瑞很準時地衝進會客室，彷彿多等這十五分鐘都快把他給急死了。他不顧正式的禮節，直接牽起我的手，親吻我的臉頰，我不禁大笑。

「今天好！」

我微笑。「你好啊，亨瑞。」

亨瑞身後的愛瑞克鞠躬，我朝他點個頭。

我挽住亨瑞的手臂，帶他到餐桌前，桌上有兩組較爲靠近的餐具，還有一組隔了一點距離。

「來。」亨瑞說，他拉開我的椅子。

我一坐下，他便急切地繞過桌子，坐到我對面……但突然之間我們相對無言。我把餐巾拿下盤子，示意他們也能開始用餐。默默地吃了幾口之後，我試著填補我們之間的裂縫。

「你的家人好嗎？」我問。「還有你的妹妹？」

「Miten on Annika（安妮卡好嗎）？」他轉向愛瑞克確認。他點點頭，亨瑞開心地轉向我。「很好。她非常好。我們想念。」

我露出難過的神情，點點頭。「我完全了解。你不知道我有多希望亞倫也在這裡。」

他表情冷靜，但彎身聽愛瑞克以最快的速度低聲翻譯我的回答。

「妳媽媽？好嗎？」亨瑞努力擠出話說。

「很好，感謝老天。她回房休養了。」

愛瑞克再次伸出援手。我們又這樣來來回回聊了幾分鐘，雖然他已經這麼努力學英文，亨瑞卻還是和我一樣迷惘。我好討厭這樣。這跟他這個人毫無關係。貴賓來訪需要口譯是一回事，但每天在家朝夕相處還需要口譯，這簡直令人無法忍受。即使亨瑞來到皇宮的日子不長，我仍然衷心想和他聊聊天，只是希望他一個人就好，至少偶一爲之。

「愛瑞克，亨瑞和其他菁英候選人相處得怎麼樣？他們全都必須透過你嗎？」

他坐高了點，思索著這件事。「多半是如此。海耳和凱爾已經學會幾個字了。」

「其他人呢？」

他嘟起嘴，看起來有點罪惡感，好像擔心自己會說其他人的壞話。「剛諾是有點興趣，法克斯也是，但他們似乎不想多花心思。畢竟這不容易。伊恩會跟我說話，但他沒有眞的和亨瑞交談過。」

我長長嘆了口氣，腦中掠過千百個想法。「你明天早上願意教我們一點芬蘭語嗎？」

愛瑞克吃驚地抬起眉毛。「真的？」

「真的。只有亨瑞一個人必須這麼努力，感覺有點不公平。」我提到他的名字時，亨瑞的目光瞄向了我。他一定用自己的方式解讀著我們的對話，但我很期待他聽到真相的那一刻。

愛瑞克迅速用芬蘭語解說，亨瑞雙眼一亮。

「我也說？我說？」他激動得好像我提議的不是一堂課，而是一場宴會一樣。

「當然好。」我說。亨瑞坐在原地，開心地沉浸在自己的世界。他腦中的發條肯定已開始運轉，想像我們上芬蘭語的畫面。

「我想妳能讓他高興一整天了。」愛瑞克說。

「我很失望自己居然沒有早一點想到。這樣對所有人都好。」

「但願如此。但我還是會著重在英文課程上。我希望能避免在《報導》上露面。」

我白了他一眼。「沒那麼糟好不好。」

「糟透了！」他搖搖頭，然後用叉子指著我。「我媽一直說個不停。『你好上相！你爲什麼不多笑一點！』我發誓，我快抓狂了。」

「怪我囉？」我佯作生氣問。

「一輩子。我會怪妳一輩子！我不喜歡上鏡頭。」他一副氣得發抖的樣子。我很高興他其實看起來一點都沒有生氣的樣子，不過我感覺得到他眞的很在意這件事。

我大笑，他低頭害羞地看著盤子，嘴角也不禁揚起。這時，我才發現亨瑞被晾在一旁，看著我和他的口譯員聊天，可是今天明明是我跟他的約會。

「你知道，亨瑞，也許我們能進行全史汪登威全方位教學，你還可以教大家做你上次提到的湯。」

愛瑞克翻譯，亨瑞再次喜形於色。「Kalakeitto（芬蘭燉魚湯）！」他歡呼。

我對亨瑞很好奇。我想更了解他的家庭，尤其他的妹妹。而且我想知道他對於未來在這裡生活、在我身旁工作，是否感到安心，他會不會擔心那場遊行再次重演，憂慮他一輩子都必須爲我阻擋憤怒的民眾。我想問他常不常回憶起廚房中的那一吻，或者他覺得那是其中一方、甚至是彼此一時的衝動。

但在不需透過愛瑞克的那天來臨之前，這些話我都不可能問得出口。

10

那是一襲紅色的禮服。媽媽好幾年沒穿了，這也是我挑選這件的原因之一。海耳將蕾絲長袖修到手肘，並抽掉幾層蓬蓬裙，讓剪裁更顯修長。他說對了，有些剪裁改了就不能反悔，但他品味出眾，即使媽媽最後想拿回去，可能也會愛上這些設計。

艾若絲幫我做頭髮，把髮辮盤成端莊的髮髻，散發知性的感覺。我選了一只鑲嵌紅寶石的頭冠，整個人看起來就像一道焰火。

很美，眞的。我知道，我對所有人心懷感激，他們幫我打扮成人民能託付國家大任的角色。但我感覺自己好老，比我疲倦的內心還老，但這也許比較接近我該有的形象。我嘆了口氣，說服自己接受這件禮服。我現在必須是這個樣子。

喬西來跟我說話時，我正在攝影棚調整著自己的衣服。「這件禮服好漂亮。」她讚美道，同時情不自禁伸手摸著層層絲滑的綢緞。

我繼續順著禮服。「這是我母親的。」

「對了，妳母親的事我很難過。」她靜靜地說。「我好像還沒跟妳說。」

我噓了噓。「謝謝妳，喬西。我很感激。」

「妳知道，現在一切都有點嚴肅，也許辦場宴會是個不錯的點子。」

我哈一聲大大地吐了口氣，心中一股火冒上來。「我現在有點太忙。也許等事情平靜下來再說吧。」

「我可以負責主辦！只要讓我跟幾個侍女交代一下，我們一週之內就能安排好。」

我從鏡子前轉過身來。「如我所說，也許之後吧，但現在不行。」我甩頭就走，試著集中精神。

她鍥而不捨跟著我穿過攝影棚。「爲什麼？妳不是該慶祝嗎？我是說，妳現在基本上就是女王了，所以──」

我火冒三丈地轉向她。「但我還**不是**女王。我父親是國王，我母親是王后，她差一點就死了。妳態度這麼輕率，剛才的哀悼難道只是做做樣子。妳到底哪裡不懂，喬西？妳以爲當上女王就只是穿穿漂亮衣服、辦辦宴會嗎？」

她站在原地，目瞪口呆。我見她雙眼望向四周，察看有沒有人目睹。我不想羞辱她。其實，我了解她的想法。曾幾何時，我也覺得寫下賓客名單是全世界最開心的事，我也曾經以爲，女王就是要打扮得漂漂亮亮，舉辦一場場宴會……

我嘆口氣。「我不是想侮辱妳。但我母親仍在靜養，現在不適合辦宴會。拜託妳，我希望妳今晚能稍微體諒我的感受，我們過去處得不好，所以我明白這點並不容易。但是，今晚我必須保持腦袋清楚，我求求妳，試著站在我的角度想一想。」

她發起脾氣。「我一直都是這麼想的。反正全世界最重要的事，就是要順妳的意。」

我好想扭斷她的頭。她到底覺得我人生現在哪個部分是順我的意了？但我還有轉播要煩惱。

「不好意思？」我攔住一旁經過的侍女。「請送喬西小姐回房。她今晚情緒有點不穩定，我需要專心。」

「是的，公主殿下。」侍女愉悅地轉向喬西，不顧我們之間的摩擦，準備完成她的工作。

喬西氣壞了。「我討厭妳。」

我指向門口。「好，妳可以回房去討厭我，反正跟待在這裡也沒什麼差別。」

我不想管她聽不聽話，直接甩頭走向我的座位。我從沒見過轉播現場呈現這樣的場景。候選人全坐在一邊，另一邊只剩一張孤零零的椅子。

我望著悽涼寂寞的座位時，凱爾靜靜走到我身邊。

「喬西剛才怎麼了？」

我努力擠出笑容，按了按雙眼。「沒事，親愛的。她只是讓我再次審慎考慮，自己要不要這樣的小姑。」

「還太早喔。」

我大笑。「沒有啦，我們剛才……意見不合。我其實有點難過，因為我了解她。我只希望她也能了解我。」

「對喬西來說可能很難。她只注意她自己。對了，妳有看到剛諾嗎？」

我瞇起眼。「他今天下午離開了。他沒有道別嗎？」

凱爾搖搖頭。

我走向其他男生，走近時，他們豎起身子。「剛諾有跟誰道別嗎？」

其他人疑惑地搖搖頭，法克斯清了清喉嚨。「他有來找我。剛諾有點難過，他沒辦法繼續久留並一一向大家道別。他只說他覺得自己不適合，並已徵求妳的同意離去。」

「對。我們和平結束了。」

法克斯點點頭。「我想他覺得如果自己再多待，又會無法下定決心。他請我向大家轉達，他會非常想念你們。」他笑了笑。「眞的是個好傢伙。」

「他人很好。但請記得他說的話。」我望著每個人的臉，誠懇地說。「這件事也和你們的未來有關。如果你們無法面對接下來的競選，請不要勉強。」

凱爾點點頭，彷彿忽然陷入沉思。海耳朝我燦爛地一笑。伊恩一如往常沒什麼反應，亨瑞則是專心聽著愛瑞克翻譯，一臉困惑。

當然，我之後一定會花一整個晚上胡思亂想，解讀他們的表情，但現在，我們眼前還有一場演出。

「海耳。」我指著禮服輕聲說。「謝謝你。」

「美極了。」他用唇語說。我知道他是眞心的。我挺直身子，希望今晚自己不要辜負這件禮服。

攝影機開拍，我盡力眞誠地向人民問好。

「首先從你們最關注的消息開始。我母后的病情已漸漸好轉。在我說話的同時，她已回到自己的房中靜養，父王在旁陪伴著她。」我試著暫時忘掉自己的站姿，還有手該怎麼放，我想著我的父母，他們現在一定穿著睡衣在看轉播，旁邊放著經醫生核准的零嘴。我想到那畫面不禁漾起笑容。「我們都知道，他們的愛情故事也許點點滴滴都無比眞實，但是父王要承擔的角色並不容易。

「我的弟弟亞倫，如今已是法國的親王，他也見證了愛情眞摯的力量。就我所知，他很順利地適應了他的新角色，而且對於能成爲卡蜜兒的丈夫感到十分快樂。」我的笑容再次閃現。「對此我一點都不意外。因爲我們都看到他對卡蜜兒公主的深情跨越了時間和距離。他現在能夠無時無刻陪在她身邊，我可以想見他有多麼高興。」

「至於我們整個國家……」雖然我不喜歡，但還是瞄了一眼我的筆記。「過去這幾週，國內的騷動已漸漸平息。」某方面來說，此話一點不錯，但如果是講到我心中的那些騷動不安，那我鼻子就要變長了。「父王多年來努力推動國內和平，一想到國家終於恢復平靜祥和，我就由衷感到欣慰。」

我照計畫宣布所有事情，包括預算提案、新的石油開發計畫、顧問成員異動等等。聽到最後一點，攝影棚中有人不安地挪了挪身子。結束之後，我望向群眾，尋找幾個重要的面龐。布麗絲女士對我大大點頭嘉許，萊傑將軍也是。我看到外婆的手不住地動來動去，她一定是覺得前段的報告部分怎麼會如此冗長。她耐著性子留下來，大概只爲了聽聽男孩子說話。最後我看到愛瑞克站在舞台邊，朝我露出欣然笑容。

「公主殿下。」蓋佛瑞行禮說。「皇室遭逢巨變，讓妳一時之間要肩負起這麼多責任，但請容我說，妳的表現眞的非常好。」

「謝謝你，先生。」我不知道這句話是否發自內心，但經他這麼一說，其他人或許也會這麼想。

「可是我不禁好奇，妳工作如此繁忙，眞的有辦法爲對面這群男孩子騰出一點時間嗎？」他朝菁英候選人點頭說。

「有一點點。」

「眞的？妳有什麼事能跟我們分享嗎？」他挑著眉毛，我再次想起他在鏡頭前的個性和私底下截然不同。他的工作就是要娛樂大眾，而且他非常擅長這一點。

「有，不過爲了讓事情好玩一點——我不會提到名字。」

「不提名字？」

「例如，有個菁英候選人今天離開了。」我說。雖然我明知道答案根本擺在眼前，不言自明。「我想說的是，我和那位候選人的關係是和平收場，我們仍是朋友。」

「啊，我懂了。」蓋佛瑞說。「我喜歡！再多跟我們說一點。」

「好，今天有個候選人送給我一個用珍貴金屬做成的禮物。」

「喔，天啊！」蓋佛瑞目光搜索著我的雙手。他的反應和大家一樣，開始尋找我手上有沒有多出一枚戒指。

我舉起我的手掌，讓全世界好好看一看。「沒有，禮物不是金子做的，是鐵做的。他給我一根縫紉用的珠針。但我保證，那根針非常特別。」

觀眾和菁英候選人全都哈哈笑了起來，我希望這段如我預期的引人遐想。

「請至少再多透露一件事讓我們知道。」蓋佛瑞懇求。

「好，就再一個。」我說。「這一週稍早，有個候選人跟我說他絕對沒有愛上我。我告訴他，我對他的感覺也一樣。」

蓋佛瑞睜大眼睛。「莫非這位年輕人離開我們了嗎？」

「不。這就是最瘋狂的地方。我們沒有相愛，但我們也不願分開，所以就是這樣囉。」我調皮地聳聳肩，微笑聽著全場的嘆息和笑聲。

「我相信今晚全國上下肯定有不少人會一直猜妳說的到底是誰，但再說一些具體的細節怎麼樣？」

「這點你恐怕就要去跟男孩子們討教了。」

「那不如就這麼做吧。我可以去問問這群英俊的年輕人嗎？」

「沒問題。」我笑著回答，慶幸能暫時擁有一段美好的空檔。

「好，我們從這裡開始。法克斯先生，你好嗎？」

「非常好，先生。謝謝你。」他又坐直了一點，開朗地微笑。

「人民都知道公主壓力很大，她行程滿檔，所以一對一的時間不多。」蓋佛瑞有禮地開個頭。

「是的，以前看到她工作有多辛苦，我就已經很佩服她了。這幾天又看她一肩扛起更多責任……眞的很……深受激勵。」

我歪著頭，感覺內心一陣溫暖。深受激勵？聽起來好窩心。

蓋佛瑞點頭附和。「那這段時間，你能跟我們分享你和公主最特別的一次相處嗎？」

法克斯臉上馬上出現笑容。「我想，我們之間最重要的一刻就是打架事件之後，波克那時已經返家。她親自來見我，眞心地述說她的希望，也靜靜聆聽我說的一切。我想很少人有幸能見到她的那一面。因爲，她很難得能跟每個人見面，還花上一小時促膝長談……但她和你在一起的時候，會全心全意都在你身上。她會眞誠地傾聽你的想法。」

刻。

我仍清楚地記得和法克斯談話的那一晚，但我沒想到那對他來說有多重要。他珍惜著那一刻。

凱爾舉起手。「我必須同意這點。每個人都知道小——呃，公主和我直到最近才展開我們的友誼。這段時間，我感覺她傾聽了我許多焦慮，以及未來的抱負。」

「例如？」蓋佛瑞追問。

他聳聳肩。「我是說，其實那也沒什麼大不了的，但我對建築確實很有熱情，公主親自坐下看過我的設計圖。」他抬起一根手指，好像忽然想起什麼。「沒錯，我們是先喝了點酒，而且我相信她感到非常無聊，但她還是看了。」

每個人都咯咯笑了，我朝凱爾微笑。他接受訪問看起來毫不費力，快言妙語俯拾皆是。讓我更確定的是，跟他表明我的感受是正確的選擇。

順著氣氛，蓋佛瑞略過亨瑞，直接走向伊恩旁邊。我不喜歡亨瑞被跳過，但看起來蓋佛瑞自有打算。

「伊恩先生，你大概是這群人中最安靜的一位。你有沒有什麼想補充的？」

他的表情如常冷酷。「我話不多。」他承認。「但我必須說，公主想得無比周到。雖然現在只剩五人，但她之前每一輪的淘汰都是經過審慎考慮。光是認識這幾位紳士，我就能看出公主有多努力為她自己和人民做出選擇。」

他頓了一頓接著說：「上次淘汰時，攝影機沒有捕捉到紳士房中的氣氛。那一刻，空氣中沒有一絲惡意。她對我們非常親切，不可能有人會心存芥蒂、耿耿於懷。其他淘汰的候選人都是帶著平和愉快的心情離去。」

蓋佛瑞點點頭。「所以你覺得自己的機會怎麼樣？你已經撐到前五名了！」

伊恩一如往常應答如流。「這取決於公主殿下的選擇。她是我們每一個人所能得到最好的女人，因此她的標準也特別高。這跟我的機會無關，端看她的喜好。至於是誰，我們就等著看吧。」

我從來沒聽過伊恩一口氣說這麼多話，但我馬上對他感激不已。雖然我明白彼此的關係一點都不浪漫，但他仍指出我好多優點，當然也可能只是他演技了得。

「非常有趣。你呢，海耳先生？我記得，之前你是第一個和公主約會的人。你現在感覺怎麼樣？」

「我覺得自己很幸運。」他親切地說。「我從小到大看著她出現在遊行裡，出現在電視和雜誌上。」他越過全場指著我。「她美到令人畏懼，而且她的表情好可怕，像是如果她想要的話，靠眼神就能燒死你。」

有些話有點刺耳，但這些話一點都不虛假，我不禁泛起了笑意。

「但我卻有機會和她共進一次晚餐。而且逗得她大笑，害她飲料噴得滿桌都是。」

「海耳！」我來不及阻止他了。

他聳聳肩。「反正總有一天會有人挖出來。不如跟大家分享一下！」

我雙手摀住臉，心想不知爸媽會怎麼想。

「我的重點是，我們說的句句屬實。她很強悍，她是領導者，而且沒錯，我想如果她希望眼睛能噴火，她就一定做得到。」全場輕聲笑了笑。「但她也是個很棒的聆聽者，她很專注，平時經常笑，是眞的大笑喔。我不確定大家有沒有機會看到，所以我覺得很幸運。」

整段節目彷彿在向我致敬，細數我的優點，我幾乎懷疑是不是有人下了指導棋。但如果眞有人指示，那我眞的欠那人一個大人情。

攝影機關機時，我走向蓋佛瑞。「謝謝你。你今晚眞的太厲害了。」

「我永遠都支持妳，未來也是。」他朝我眨個眼，轉身離開。

我看著現場觀眾依序離場，我站在原地一會，心中充滿驕傲。我幾乎全靠自己的力量撐完了節目。我無法想像，菁英候選人每一位都是無比親切、善良，遠超出我的期待。爸媽一定很高興。

「幹得好。」凱爾摟住我。「妳人生第一場獨挑大樑的《報導》完美結束了！」

「我眞心覺得今晚會是一場災難，可是你看！」我說著跳開步伐，張開雙臂。「我還活著。」

海耳走過來，咯咯笑著。「妳以為大家會從門口衝進來把妳五馬分屍嗎？」

「誰知道！」

法克斯大笑，伊恩站在後頭，臉上依舊掛著笑容。我心中的感激難以言喻，如果我說得出口，我一定會毫無保留地說出他們今晚的表現有多令人難忘。

「吃晚餐嗎？」法克斯問，所有人點點頭。

我聽到亨瑞興奮地一次次重複同一個字，我想那可能代表他等不及吃東西了。我們三兩成群，一起走向餐廳。

11

我上樓來到走廊時，覺得眞是心滿意足，身邊圍繞著一股熟悉、平靜的感覺，我想全是因爲他們讓我感到自在，毫無拘束。

但是，這感覺只延續到我們踏入餐廳門的那一刻。

爸媽仍在樓上休息，外婆回到了她的房間。歐斯頓晚上不舒服，卡登陪著他，而我的雙胞胎弟弟和我之間至少隔著一片大海。

我一看到空蕩蕩的主桌便想快快離去，獨自找個地方躲起來。

「公主殿下？」愛瑞克問，我轉身，發現他憂心的雙眼離我不到幾公分。他的雙眼有某種平靜的力量，自從廚房打架事件之後，我就一直記得這點。我那時望著他，感覺自己看穿了他的靈魂。就連現在，即使身邊有這麼多人，我只要看到他晶瑩澄澈的藍色眼睛，內心的悲傷即刻煙消雲散。

「妳還好嗎？」他說，我從他的語氣聽得出來，這話他已經問過我一次了，但我沒聽到。

「還好。你可以幫我把那邊的椅子搬來主桌另一邊嗎？還有你，伊恩？」他們聽完馬上動作。「海耳、法克斯？你們可以去拿餐具嗎？」

我也開始動手，拿起刀叉和玻璃杯，走向主桌。在其他人還沒選好位子之前，我自己先坐上了爸爸的位置。凱爾坐到我身旁，海耳則坐另一邊。法克斯、亨瑞、愛瑞克和伊恩坐在我們對面。

傾刻之間，原本莊重的長桌氣氛一變，感覺就像是一場親密的晚餐聚會。屬於我和我的男孩們的聚會。

男侍沒料到座位會臨時更動，上餐時有點慌了手腳，但他們盡早讓餐點到齊。我拿下餐巾，亨瑞看到和我們約會同樣的暗示，便第一個開動，其他人也跟著大快朵頤。

「所以，我希望你們明天都準備好了。」我宣布。「愛瑞克和亨瑞早上要替我們上一堂芬蘭語。」

「眞的？」凱爾興奮地問。愛瑞克有點臉紅，點點頭。

「要上什麼？」法克斯問。

愛瑞克眼睛望著天花板，好像仍在考慮。「我和亨瑞討論過，我想不要花時間在平常第一堂課教的東西，比方字母之類的。目前最有用的應該是基礎會話。所以課程主要會學習例如時間，或其他日常生活應答。」

「眞不錯！」海耳說。「我一直想多學些語言。好主意，愛瑞克。」

他搖搖頭。「這是我們未來的女王的主意。全是她的功勞。」

「嘿。」凱爾說，我轉過頭。「就讓我們趁這個機會，再一次稱讚妳剛才在《報導》的表現有多好。我知道妳以前就曾在《報導》上公布一些新聞之類的，但自己掌控整場節目可不容易。」

「還有呢。」法克斯接著說。「今晚座位安排得多好啊！對我們其他人來說，這可是我們唯一一次能坐在皇宮主桌的機會。永生難忘。」

「眞的。」伊恩附和。

亨瑞雖然不能參與對話，但我看得出來他也很開心。當然，如果我看到他不開心，那才令人驚訝。愛瑞克解釋完剛才的對話，他舉起酒杯。

「敬伊德琳。」他說。

其他人將酒杯舉到空中，一一附和。我感動得眼眶泛淚，哽咽難言。甚至連謝謝都說不出來，但我從他們的眼神看得出來，一切盡在不言中。

這個國家明明有許多正面的事情値得關注，但因爲我上週淘汰了一批候選人，剛諾又在《報導》播出之前離開，所以從表面看來，我依然像是再次狠狠拋棄了他們。至少報紙上是這麼寫的。

伊恩分明提到我的決定都經過審慎考慮，他們卻充耳不聞。新聞下了幾個標題，整個直播轉眼間毀於一旦。

意外的是，報導文章下方，馬里德英俊的面容占了超大的版面，和我的臉並列，底下一行字還寫著競選漏掉了他有多麼可惜。

「報紙給我。」妮娜堅持。她把報紙揉成一團，咻一聲丟進垃圾筒。「看來他們現在新聞報得不多，都只講八卦緋聞。」

「確實如此。」布麗絲女士附和。「別在意別人的閒言閒語，多想想自己能為國家做些什麼。」

我點點頭，知道她說得對。如果父親在場也會說出和她一樣的話，雖然不容易，但我必須逼自己聽進去。

「但如果我不挽回人民的支持，我不確定自己能專心爲國家做事。人民總會支持爸媽推行的政策，但要是我提出同樣的政策，他們則可能會全力反對。我需要挑個丈夫。」我下定決心說。「我相信這能扭轉人民對我的看法，總之，但願這策略能夠成功，因爲他們現在不喜歡我。」

「伊德琳，其實——」

「這件事千眞萬確。我知道這是事實，布麗絲女士。我親身體驗過了。要我提醒妳遊行時發生的事嗎？」

她雙臂交叉。「好，沒錯。妳沒有那麼受歡迎。可是我不懂爲什麼找個伴侶就能挽回一切？說眞的，我們今天要專門討論這件事嗎？」

「至少討論五分鐘。比起我的心，我比較相信我的腦袋，所以，請妳們幫助我，幫我釐清我的想法。」

妮娜聳聳肩。「那麼先考慮誰？凱爾？皇宮上下都支持他。他既迷人又聰明，喔，天啊，妳不選他的話，讓給我好了。」

「妳不是有男朋友嗎？」

她發出一聲嘆息。「妳怎麼這時候就變得這麼機靈。」

我大笑。「我不想說謊，我確實對他有好感。我甚至還跟他明說……但我一直有點遲疑。我不知道爲什麼，但要說他是我的眞命天子，我還說不出口。」

「好。」布麗絲女士回答。「還有誰？」

「海耳。他態度積極，許諾每天爲我付出。他目前還沒打破自己的誓言。和他相處很愉快。這點也是我喜歡法克斯的原因之一。」

「法克斯比海耳帥。」妮娜說。「我不是膚淺喔，這關係到人民的觀感。」

「我了解，但長相很主觀。妳知道有時魅力不是來自外表，而是因爲對方能逗妳笑，或是能讀出妳的心思？這點我也要納入考慮。」

妮娜露出微笑。「這麼說，妳覺得海耳比法克斯好？」

我搖搖頭。「我不完全是這個意思。我只是想說，長相不代表一切。我們必須著重其他特質。」

「像是？」布麗絲女士問。

「像是亨瑞永遠都很樂觀。不論面臨什麼處境，他都充滿喜悅。而且，他無疑對我用情很深。」

妮娜翻白眼。「這些優點都很好，但他不會說英文。你們兩人的對話只能說些雞毛蒜皮的小事。」

「這點……嗯，這是真的。但他非常貼心，對我很好。愛瑞克說亨瑞要學會英文不是不可能，只是要一陣子。而且他成為菁英候選人之後，每天都讀到半夜才罷休。至於我，我現在也要開始學芬蘭語。我們可以一同努力，愛瑞克可以幫助我們度過適應期。」

布麗絲女士搖搖頭。「這樣對愛瑞克非常不公平。他也有家人，有工作。他這一趟來，可沒答應接下來五年都必須待在皇宮裡。要是他自己想結婚呢？」

我想反駁她，告訴她哪裡錯了……但我無法反駁。愛瑞克接下工作時，他不知道競選會進行多久，但他絕對沒想過在雇主英文變得流利之前，他都必須一直待在皇宮裡。要求他這麼做太過分了。

我唯一回答的是：「他會留下來的，我知道他會。」

這句話之後我們都沉默了，布麗絲女士似乎明白我在無理取鬧，只是在考慮要不要戳破。最後，她只嘆了口氣。

「還剩誰？伊恩？」她問。

「伊恩有點複雜，但相信我，他很重要。」

妮娜瞇起眼。「所以這樣的話……他們全都不分高下？」

我嘆口氣。「我想是吧。我不確定這代表我選得好還是不好。」

布麗絲女士大笑。「妳選得很好。真的。我可能無法體會伊恩的魅力，也不明白妳是怎麼跟亨瑞相處，但他們全都有各自的優點。我想我們此時要做的，就是進一步培訓，實際開始進行親王養成的課程。」

「養成？聽起來好不舒服。」

「我不是那個意思。我只是在說——」

布麗絲女士接下來說的話被打斷了，因爲外婆毫無預警闖入房中。

「您眞的必須先徵求允許才能進去。」侍衛小聲警告她。

她直接繼續朝我走來。「唉，乖孫女，我該走了。」

「這麼快？」我擁抱她問。

「我在這裡總是待不住。妳母親心臟病發還在休養，結果她居然還敢這樣那樣指使我。我知道她是王后。」她舉起雙手，像投降一樣無奈地說。「可是我是她母親，不管怎麼樣都比王后大。」

我大笑。「這點我以後一定會記在心上。」

「沒錯。」她一手揉揉我的臉頰。「還有啊，麻煩妳盡早找個老公吧。外婆可不年輕了，在我死去之前，我希望至少能抱到一個曾孫。」她盯著我的肚子，搖著手指說。「妳可不要讓我失望喔。」

「好啦，外婆。我們要繼續談正事了，妳趕快回家，到家記得打個電話。」

「沒問題，乖孫女。沒問題。」

我默默站著，任由這股熱情淹沒我。還能怎麼辦呢，外婆就是外婆。

妮娜彎身過來。「好耶，妳覺得前五名候選人誰最想生小孩？我們應該要把這點納入考量才對。」

我瞪得再狠，也殺不死她的調皮。「別忘了，我隨時都可以判妳死刑唷。」

「妳想判就判啊，我可是有妳外婆當靠山，一點都不擔心。」

我整個人洩了氣，心裡也覺得好笑。「可惡，妮娜，但我想妳說得對。」

「別太擔心了。她其實是幫妳的。」

「我會試著記得這點。我們說完了嗎？我要去學一點芬蘭語了。」

「對不起、對不起、對不起！」我衝進圖書館說。男孩子們看我進門都歡呼起來，我快步走到亨瑞、海耳和伊恩那桌的空位。「工作耽擱。」

愛瑞克輕輕笑了笑，在我面前放了一小疊講義。

「沒關係。別擔心。我們還沒教太多。妳看一下第一頁，亨利會幫妳糾正發音，我去看看其他人練得如何。然後我們就繼續。」

「好。」我拿起影印的講義，看到上面有愛瑞克的手寫字跡，邊緣還有手繪的圖，我不禁露出微笑。

爲了要讓我們用芬蘭語說時間，今天要先學的是數到十二。課程這麼簡單，我卻馬上出了糗。我腦中一直覺得每個單字的母音好像不夠多，就算夠，母音的位置也都怪透了。

「好吧。」我望向第一個字：yksi。

「雅克西？」

「游克西？」

亨瑞咯咯笑著，搖搖頭。「是yoo-ksi。」

「對！來、來。」他鼓勵我繼續下一個。我的發音一定非常不標準，但有個專屬啦啦隊感覺還是很好。「是kahk-si。」

「卡、啊克西……卡克西。」

「好、好。現在換kolme。」

「苦梅。」我試著讀。

「呃……」他說，但仍試著鼓勵我。「Kohl-may。」

我又試一次，但我聽不出來自己哪裡錯了。我在數字三就遭逢挫折。他一如往常擁有紳士風度，彎身靠過來，準備讓我花時間慢慢來。

「是發『喔』的音。Kohl-may。」

「嗚。嗚。」我試著發那個音。

他伸出手，溫柔地將手指放到我的雙頰，試著改變我的嘴形，感覺好癢。我不禁笑出聲，根本無法發出他原本希望我發出的聲音。但他仍捧著我的臉。過了一會，幽默從他的雙眼消失，我認出他眼中那股柔情，就像之前在廚房他替我圍上襯衫的那一刻。

他的眼神攫走了我的靈魂，我腦中完全忘記房中還有其他人。

直到愛瑞克將一本書啪一聲放到桌上。「太好了。」他說。我盡快從亨瑞手中抽身，祈禱沒有人注意到剛才差點發生的事。

「看來你們全都會念數字了，所以我們試試看把數字放到句子裡。請你們抬頭看看黑板，我已經寫下一個例句。但我相信你們都已猜到，最難的是發音。」

所有男生大笑，好像他們都和我一樣數字讀得亂七八糟的……而且似乎因爲很專心，所以沒有注意到我跟亨瑞差點接吻。我目光緊緊盯住黑板，試著學習眼前的句子，不敢去想亨瑞現在坐得離我多近。

12

我那天第一段自由時間是中餐，我知道我必須好好利用時間進行危機處理。芬蘭語課程之後，大家一一走向餐廳，我回到辦公室，從書桌抽屜拿出馬里德的名片。紙質顯然十分昂貴。我心想，竟然用得起這麼好的紙，不知道他的家人現在從事什麼事業。不管他們走上哪一條道路，一定都過得很好。

我撥出號碼，有點希望他不會接起。

「喂？」

「是，嗯，馬里德？」

「伊德琳，是妳嗎？」

「對。」我有點慌，雖然他看不到我，我還是用手順順衣服。「你現在方便說話嗎？」

「沒問題。有什麼事嗎，公主殿下？」

「我只是想說，我那天在報紙上看到一些關於我們之間的閒言閒語。」

「喔，對。不好意思。妳也知道記者總是愛捕風捉影。」

「我明白。」我差點歡呼。「其實，我才想向你道歉。我知道大家只要跟我扯在一起，生活就會受到很大的影響。害你必須承受這一切，我眞心感到抱歉。」

「唉，隨便他們愛怎麼說。」他笑了一聲回答。「眞的，妳不需要道歉。但既然妳打來了，我想跟妳說個點子。」

「好啊。」

「我知道妳很擔心階級制度廢除後的衝突，我覺得妳也許能舉辦一些類似座談會的活動。」

「什麼意思？」

「妳可以選一群不同背景的人進到皇宮裡，和妳一起坐下來聊一聊。藉由這個特別的機會，妳能聽聽人民的聲音，如果妳邀請媒體的話，這次座談便更爲難得，能讓大家看看皇室如何好好傾聽人民的心聲。」

我又驚又喜。「老實說，這個主意不錯。」

「如果妳願意的話，我可以替妳安排好大部分的事情。我認識幾個以前是第八階級的家庭，還有一些很難擺脫第二階級身分的人。也許我們可以邀請十幾個人就好，以免妳應付不來？」

「馬里德，這聽起來太完美了。我會請我的侍從官打給你。她叫做妮娜·海倫威，她跟你一樣有條理。她知道我的行程，要訂時間的話，找她就對了。」

「太好了。那我等她聯絡。」

接著我們沉默了一陣，我不確定該怎麼道別。

「謝謝你。」我擠出話。「比起以往，我現在真的必須證明我有多在乎我的人民。我希望他們知道，幾年之後，我一定能像父王一樣領導他們。」

「我也搞不懂爲什麼有人會質疑這點。」

我泛起笑容，很興奮自己又多了一個生力軍。「眞抱歉我不能跟你多聊聊，我必須掛電話了。」

「沒問題。我們之後再聊。」

「好。拜拜。」

「拜拜。」

我掛上電話，鬆了一口氣。我原本擔心事情會很尷尬。馬里德的話仍在我耳中回響。**隨便他們愛怎麼說。**我知道媒體總是見風轉舵。希望不久之後，他們能爲我說些好話。

中華民國快樂學習協會
After School Association of Taiwan
與承諾，
能結束
18 縣市 86 鄉鎮
讓他們在「孩子的秘密基地」
的晚餐、疑惑有人可以解答、小
的行列，一點一滴、在全台灣合
百個孩子。
量。因此我們想邀請您響應每月
送到各個基地，持續點亮「秘
的孩子，永不間斷。
協會長期深
體，希望結
的燈光。
立即行動支持
決戰王妃5
為愛加冕
THE CROWN
圓神出版・圓神出版事業

每一天，在全台的秘密基地裡，都有不同的故事在發生

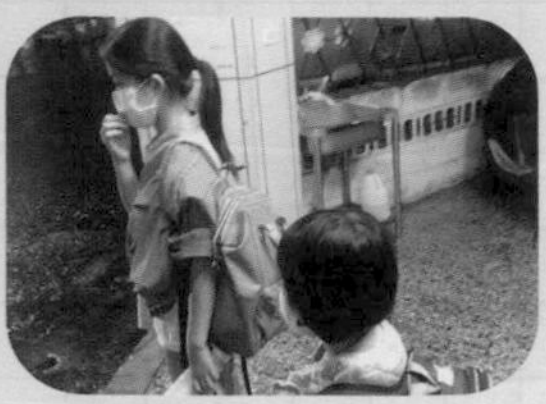

Love X Story **一張寫給爸爸的母親節卡片**

母親節前的某天上午，秘密基地的電話鈴響了，話筒的那一端傳來微弱的聲音，喊了一聲「老師」，說他是蓁蓁的爸爸，要住進加護病房了！由於時間不多，希望可以先跟老師說一下，以免發生萬一……

Love X Story **我們不是專家，但是都專門愛小孩**

眼看著整個教室要被高漲的情緒風暴淹沒，基地老師一把抱住小晴，用所有的力氣緊緊抱住她，很專心地抱著她，被抱住的小晴僵著身體呼吸急促，老師一邊陪她一邊等待她漸漸平穩下來……

Love X Story **紙箱男孩的真實色彩與斜槓日常**

阿哲，剛升五年級，被診斷出有妥瑞症的孩子。自從在基地老師關愛的「寶座」上得到肯定和學習動力，有時，完成自己的功課後，阿哲會教一年級的學妹，陪她慢慢地一遍遍念出注音符號的拼音……

加入我們，陪伴孩子安心長大

來到秘密基地的孩子或多或少都帶了點「傷」。這些孩子們生活中的變動和不確定總比一般的孩子多一些，也因此常會從孩子的眼中看見警戒與疑惑。如何讓孩子安心，「建立關係」是重要的第一課，基地老師們用心陪伴和照顧，尊重孩子的步伐，給予孩子空間以外，還需要再加上時間的考驗下才有機會讓孩子放下心防，而我們認為「孩子在安心之後，學習才有機會化為成長的養份」。

陪伴孩子的過程中，不間斷穩固的力量很重要，邀請您和我們一起成就這些改變的故事，在孩子成長的過程中，成為他的靠山，陪他走一段路，等待他長出羽翼，成長茁壯。

更多愛的故事

立即行動支持

13

「等一下，這些傢伙怎麼走？」海耳問完，伸手拿了兩個小蛋糕，放到他的盤子裡。

「主教走斜線。換作是我就不會走那步，但你想送死也行。」

他大笑。「好。那小城堡怎麼走？」

「走直線，前後左右都可以。」

他移動城堡，吃了我的兵。「老實說，我絕對想不到妳會下西洋棋。」

「我其實還好。亞倫以前很著迷，他有幾個月每天都逼我陪他下。但後來他對卡蜜兒認真起來，下棋的時間全用來寫情書。」

我移動主教，吃了他的騎士。

「哎呀，我根本沒看到。」他邊吃甜點邊哀嘆。「我一直想問妳亞倫的事，但我不確定妳想不想說。」

我聳聳肩，正準備敷衍過去，但我提醒自己，如果真的想要找到幸福，就必須讓別人越過我內心的城牆。我嘆口氣，說出了心底的話。

「我想念他。從小到大，他感覺像我與生俱來的青梅竹馬，但現在他卻消失了。我還有其他閨中密友，像我的侍從官妮娜。我之前沒發現自己跟她變得這麼親近，直到亞倫走了之後，我才發現這點，但這讓我好害怕。要是她跟亞倫一樣，成爲我最依賴的對象，卻又突然發生什麼事，結果也一走了之怎麼辦？」

海耳邊聽邊點著頭，我看得出來他正忍著笑意。

「這不好笑！」我埋怨，隨手拿我吃掉的兵丟他。

他放聲大笑，躲著飛來的棋子。「不是，我不是因爲這件事在笑。只是……我們上次談到類似的事，妳拔腿就跑了。妳現在禮服底下沒穿運動鞋吧？」

「沒有。那樣根本不搭。」我揶揄說。「沒有，眞的，我那時早該相信你，我現在相信你了。對不起，我是個慢熟的人。我不擅長敞開心房。」

「不用急，我很有耐心。」

我無法直視他的目光，於是我專心看著棋盤，他的手猶豫地懸在黑白方格上方。

「至於妳對妮娜的感覺，」海耳繼續說。「就算她眞的要走了，她仍然是妳的朋友，就像亞倫仍然是妳的弟弟一樣。也許聯絡起來比較費力，但如果妳這麼愛他們，一切就都值得。」

「事情確實是這樣，我懂。」我承認。「但即使知道了，我還是很難接受。因爲我不常出門，要我交朋友就夠難了。所以我必須留住我僅有的朋友。」

海耳咯咯笑了笑，害我沒看到他下哪一步棋。「總之，我只是想說，就算妳不選我，妳這輩子都擁有我這個朋友，如果妳需要我，我馬上會跳上飛往安傑拉斯省的飛機。」

我漾起微笑。「一天一件事。」

他點點頭。「永遠不間斷。」

「我眞的需要這種鼓勵。謝謝你。」我坐直身子，開始計畫我的下一步棋。「你呢？你最好的朋友是誰？」

「其實，幾週前波克剛離開時，有人調查過這件事。我最好的朋友是個女生，他們以爲我在寫信給『家鄉的女朋友』。我跟妳說，要她跟侍衛通電話，證實她**絕對**不曾對我有過任何意思，簡直是我的恥辱。」

我咬著嘴唇，很高興他一笑置之。「我眞的很抱歉。」

「沒關係。卡莉聽了其實挺開心的。」

「噢，很高興她沒有耿耿於懷。」我清了清喉嚨。「但我現在必須問，你眞的不曾對她有好感？」

「沒有！」他幾乎激動得顫抖起來。「卡莉對我來說就像妹妹一樣。光想到親她我就渾身不對勁。」

我雙手舉在身前，訝異他居然這麼在意。「好。我不需要擔心卡莉。懂了。」

「對不起。」他臉上的厭惡消失，羞赧地笑了笑。「只是我被問過好幾千次了。每個朋友、我們的父母……好像所有人都希望我們在一起，但我對她又沒有那種感情。」

「我了解。有時候，就因爲凱爾和我一起長大，大家似乎都希望我選他。好像光是這點就能保證兩人相愛。」

「不過，差別在於，妳眞的對凱爾有感覺。每個人都看得出來。」他心不在焉地玩著用不到的兵。

我望著大腿。「我不該提起他的。對不起。」

「不，沒關係。我覺得若要維持理智度過這一切，就一定要記得，我們的關係和位置都取決於妳。我們唯一能做的就是做自己。」

「那你覺得你到底站在什麼位置？」

他淺淺對我一笑。「我不知道。大概在中間？」

我搖搖頭。「你沒那麼後面。」

「是嗎？」

「對。」

他笑容稍微淡了點。「聽起來很好，但也很令人害怕。在這場競選中勝出，必須負起許多責任。」

我點點頭。「非常多。」

「我想，我時時刻刻都想著這件事。妳這幾天眞的掌權之後，有點令人……難以呼吸。」

我望著他，心裡確信我一定聽錯了什麼。「你不是想退出了吧，是嗎？」

「沒有。」他說著，手繼續轉動兵棋。「我只是親眼目睹了這件事有多沉重。我相信妳母親也曾有過這樣的心情。」

他今天異常敏感，卡莉的事雖然令他不高興，但有件事似乎更深埋在他心底。我試著讓語氣平穩，繼續探問，他避開我的目光。

「我漏掉什麼訊息了嗎？你一直都很積極熱情，現在這樣子我都不禁懷疑你是不是神經錯亂？到底爲什麼忽然之間膽怯了？」

「我又沒說我怕了。」他回嘴。「我只是在說我心裡的擔憂。妳也常說妳的擔憂啊。這跟妳哪有差別？」

這點確實沒錯，但我顯然踩到了地雷。我這麼努力對海耳敞開心房，我不懂他爲什麼拒我於千里之外。我覺得他不是會單純試探我的那種人，所以我想也許他在考驗我的耐心。

我雙手在桌子下握緊又放開，提醒自己我相信海耳。

「也許我們最好換個話題。」我提議。

「好。」

但是接下來，唯一換來的就是沉默。

14

會客室已準備好迎接我們的貴賓。兩排椅子呈環形排好，不禁讓我想到以前《報導》介紹候選人時，他們就是這麼坐的。會客室四周都有茶點，門口有保全檢查，攝影機來回逡巡。

菁英候選人靠牆，坐在製作人身後，他們似乎都很興奮能在一旁觀察我工作的情況。我很高興看到凱爾和愛瑞克隨身帶了筆記本，當然愛瑞克是為了亨瑞。不過看得出來他們很看重這件事。

「妳看起來很美。」馬里德向我保證，可能是他發現我在拉領子。

「我想看起來像工作該有的樣子，但又不會太正式。」

「那妳成功了。妳只是必須冷靜下來。他們來這裡不是為了要攻擊妳，他們是來跟妳說話的。妳唯一必須做的就是靜靜聆聽。」

我點點頭。「靜靜聆聽。我做得到。」我深呼吸。我們以前從來沒做過這種事，我現在不但頭昏，而且十分驚慌。「你是怎麼找到這些人的？都是你朋友？」

「不完全是。有些人曾打來我之前上的廣播節目，其他人則是透過認識的人所介紹。這群人社經地位都不同，應該能對社會樣貌進行全面的討論。」

我深思這句話。這場座談會的重點就是「討論」。我能親自見到眞正在我們國家生活的人民，傾聽他們的心聲。我面對的不是能淹沒我的人群，只是一小群人。

「我們一定能撐過去的，好嗎？」他安慰我。

「好。」我提醒自己，這是一件好事。就在這時，我們的貴賓依序進入會客室。

我走上前和一個女人握手，她看起來比我花了更多時間做頭髮，她丈夫雖然英俊，但身上的古龍水濃到簡直可以把人薰倒。

「公主殿下。」那女人向我行禮問好。「我叫雪倫．史賓諾，這是我的丈夫唐諾。」他鞠躬。「我們好高興能來到這裡。皇室願意花時間傾聽人民的心聲，眞是太好了。」

我點點頭。「很抱歉讓大家等了這麼久才有這樣的機會。請別客氣，吃些茶點，別拘束。你們就位之後，製作人可能會訪問你們，你們不願意的話可以拒絕。」

雪倫碰了碰嘴角，確定妝容完好如初。「不，我們一點都不介意。來吧，親愛的。」

我差一點翻白眼。史賓諾夫婦似乎有點太想上鏡頭。

史賓諾夫妻之後，我見到巴恩斯夫婦和波特夫婦。有個女生和兩個年輕男生獨自前來，女生叫布麗．馬克斯曼，男生是喬爾和布雷克，他們在門口相遇，現在已經像朋友一樣聊著天。最後一對年輕的夫妻走進來，他們介紹自己是薛爾夫婦。看來他們爲了出席這種場合，已盡力找出最好的衣服，但仍蓋不過那股捉襟見肘的困窘。

「布蘭登和愛莉，是嗎？」我招招手，請兩人來到我身旁。

「是的，公主殿下。非常謝謝妳邀請我們。」布蘭登微笑，臉上既感激又羞澀。「這是不是代表我們明天就能搬家？」

我停下來，轉身面對他們。愛莉吞了吞口水，顯然努力試著不要抱太大的期望。

「搬家？」

「對。搬到祖尼省，我們想搬出本來的社區好一陣子了。」

「那裡不大安全。」愛莉靜靜補了一句。

「我們一直考慮在那裡生個孩子。但他們不斷調漲公寓的價格。」

「我們有朋友已經搬過去，他們沒遇到任何刁難。」愛莉強調。

「等到我們想搬進同一區時，租金就比尼克和艾倫家還貴上一倍。」

「屋主說一定是我們的朋友報錯價，可是……總之，我不想隨便指責別人什麼，只是尼克以前是第三階級，我們兩個是第五階級。」

「我們只是想住在更安全的地方。」布蘭登聳聳肩又說。「就算妳無能為力，我們也覺得跟公主見見面可能對事情會有些幫助。」

「公主殿下，」製作人說。「對不起打斷你們，但我們要開始了。」她帶薛爾夫婦到座位上，我坐在所有人對面，不確定要怎麼開始。

我笑了笑，想打破僵局。「因為我們以前不曾做過這件事，所以其實沒有任何議程。有誰有問題嗎？」

其中一個年輕男生舉起了手，我記得他叫布雷克。我看到攝影機角度一轉，對準他的臉。

「什麼問題，布雷克？」

「國王什麼時候會回來？」

就這樣，一瞬間，我彷彿一點都不重要了。「我不確定。要看母后何時完全康復。」

「但他會回歸王位，對吧？」

我逼自己露出微笑。「如果因爲一些原因，他沒有回歸王位，國家依舊會如常運作。我一直都是繼承人，我和父親懷有一樣的理念。他最希望的是終結階級制度，現在階級已經消失，我一定會繼續撫平階級所留下的差異。」

我偷偷望向馬里德，他迅速對我比個大拇指。

「但問題就在這，」安德魯．巴恩斯開口。「皇室現在對父母是第五、第六或更低階級的人完全置之不理。」

「我想我們一直審愼思索，到底要怎麼做最有效率。這就是你們今天來到這裡的一部分原因。我們想聽聽你們的心聲。」我將雙手放到大腿上，希望看起來很鎭定。

「皇室眞的曾傾聽人民的聲音嗎？」布麗問。「你們有沒有考慮把政府交予人民？妳不覺得我們有可能做得比你們更好嗎？」

「嗯——」

雪倫打斷我，轉身面向布麗。「親愛的，妳連衣服都穿不好。妳怎麼會覺得妳可以治理國家？」

「給我投票權！」布麗要求。「光這點就能改變許多事。」

賈摩．波特先生身子向前傾。「妳太年輕了。」他也將炮口對準了布麗。「我自己也想看到改變。我經歷過階級制度。我是第三階級，廢除階段後失去了很多。你們年輕人完全不了解我們以前的日子，更別說在這裡提建議了。」

另一個獨自前來的男生站了起來，義憤塡膺。「就因爲我很年輕，不代表我不在乎，不代表我不能體會經歷過掙扎的人民。不光是對我，我希望這個國家能對所有人更好。」

我們對話才不到五分鐘，整場座談會已淪爲吼叫大賽。我在不在場似乎根本不重要。當然，不少人都有提到我，但沒有人眞的和我說話。

我想，要看到社會各階層的生活，本來就代表會產生衝突，但我希望馬里德愼選來賓。不過話說回來，也許他挑選過，結果我們仍然找來一群不在乎我在不在場的人。我花了好多時間擔心他們討厭我，卻想都沒想到，我在他們眼中可能根本微不足道。

「也許我們可以舉手發言。」我提議，試圖抓回控制權。「如果你們全都同時說話，我聽不到你們的想法。」

「給我投票權！」布麗大吼，其他人一片沉默。她瞪著我。「你們根本不知道我們眞實的生活是什麼樣子。看看這裡。」她指著精緻的粉牆和布簾、瓷器和亮晶晶的玻璃杯。「你們和人民這麼有距離，我們要怎麼相信你們的判斷？你們完全不了解我們的生活，又怎麼能統治我們？」

「她說得有理。」蘇瑟．波特說。「你們從來沒沾過土、流過汗，爲生活奔波。決定別人的生活還不簡單，反正結果對你們毫無影響。」

我坐在位子上，望著這群陌生人。我必須對他們負責。但我怎麼可能辦得到？一個人怎麼可能給予每個人該有的機會，滿足每個人的需求？不可能。但是，退位似乎也無濟於事。

「對不起，我必須打岔一下。」馬里德說，他從陰影中走出來。「公主十分寬容大度，到現在她仍不覺得自己必須提醒你們她的身分，但身爲她的好朋友，我不容許你們這樣對她說話。」

他讓我想起我的老師，他們會站在一旁監督我，讓我深感慚愧，但我甚至不知道自己在慚愧什麼。

「伊德琳公主今天還不是你們的統治者，但她未來一定會繼承王位。這是無數先人犧牲奉獻所立下的悠久傳統。你們難道都忘記了，你們能自由選擇職業、住所或各自的未來，但她一出生就別無選擇。她爲了你們，願意承擔這沉重的責任。

「謾罵她太過年輕實在不公平。我們全都知道，她父親繼承王位時經驗更淺。伊德琳公主多年來在國王身旁孜孜不倦學習，也已表明她計畫達成國王的願景。現在，請你們告訴她該怎麼做。」

布麗頭一抬。「我已經說了。」

「如果妳說的是我們直接改為民主制，那會造成生活中出現更多妳難以想像的災難。」馬里德堅持。

「但如果你們希望有投票權。」我開口。「也許我們可以談談要怎麼在各地實行。或許地方政府比較有可能操作，因為他們每天能實際看到你們的日常生活，並提供你們所需。」

布麗沒有露出笑容，但她緊繃的肩膀放鬆下來。「那至少是個開始。」

「好。」我看到妮娜振筆疾書。「布蘭登，你進來時提到房屋的事。你可以再跟我多說一些嗎？」

十五分鐘之後，大家達成共識，不能因為別人的職業或之前的階級而拒絕對方買賣或租屋，所有價錢必須公開，這樣才能避免為了限制特定人群而故意漲價。

「請不要覺得我很勢利。」雪倫說。「但我們有些人住的社區，會希望……特定人士不要來。」

「妳失敗了。」其中一個男生說。「這話聽起來非常勢利。」

我嘆口氣，思忖片刻。「首先，我先假設妳住在一個富裕的社區。光是要搬進去，就要付出一筆昂貴的金錢。其次，妳先入為主覺得，錢賺不多的人一定是糟糕的鄰居。」

「蘇瑟，關於我的事妳都說對了。」她聽到自己的名字，得意地高高抬起頭，笑容滿面，只在意自己是對的，完全不管我到底想說什麼。「我從來沒有在皇宮外生活過。但多虧了競選，許多不同背景的年輕男士闖入我的生活，教導我許多事情。他們有的半工半讀，有的要維持家計，有的只想學好英文，以得到更好的機會。他們生活上擁有的物質也許比我少，但他們無法言喻地豐富了我的人生。雪倫，」我問。「那不就很有價値嗎？」

她不答腔。

「最後，我不能強迫你們該如何對待別人。但一切應該本著你們的良心，除非你們每個人都能從自己做起，友善地對待每個國民，不然不論我通過什麼樣的法案，都是徒勞無功。」

我看到馬里德的微笑，心裡知道我雖然不完美，但卻踏出了巨大的一步。我感覺這是一大勝利。

座談會結束時，我覺得自己壓力大到快崩潰了。兩小時的對談感覺就像工作一整週。感謝老天，菁英候選人似乎都了解我已筋疲力盡，他們一個個有禮地鞠躬之後便自行離開。之後還會有許多時間可以跟他們討論這件事。現在，我只想癱到沙發上。

我向馬里德哀嚎。「我有預感他們會希望我們再開一次座談會，但等我把今天耗損的精力補回來之前，我都要拒絕。可能要好幾年吧。」

他大笑。「妳表現得很好。情況變得這麼棘手都是他們造成的。但因爲這是第一次，沒有人知道該怎麼做。如果妳下次再開座談會，各方面一定都會表現得更好。」

「但願如此。」我搓搓手。「我一直想到布麗，她好熱情。」

「熱情？」他翻白眼。「要這麼說也行。」

「我是認眞的。她很看重這件事。」我感嘆，心裡想到有幾次她看起來都要流下淚了。

「我一輩子都在研究政治學。我知道共和政體、君主立憲和民主制。我在想她說得也許沒錯。也許我們應該——」

「請容我打斷妳。妳難道忘記事與願違時，她有多抓狂嗎？妳眞的希望國家大事由這種人來決定？」

「她只是成千上百萬人其中的一個。」

「沒錯。我研究政治的時間和妳一樣久，而且是透過更多不同的角度。相信我，將控制權留在這裡比較好。」他牽起我的手，堅定地露出笑容，打消了我的念頭。「而且妳非常有能力。別讓一小群不知如何合理表達自己的人影響妳的自信心。」

我點點頭。「我有點嚇到，如此而已。」

「當然了。那群人很難搞。但只要一瓶酒，妳就能把一切都沖到腦後。我知道你們這裡的庫藏不錯。」

「沒錯。」我咧嘴笑著回答。

「那來吧。我們慶祝一下。妳剛才爲妳的人民做了一件美好的事情。妳値得多喝幾杯。」

15

「哎，不算順利。」我承認。「但原本可能會更慘。」

「叫你們女兒多給自己一點鼓勵。」馬里德堅持。

爸媽臉上露出微笑，我很高興我們在走廊上遇到他們。比起其他人，爸爸的聲音更能幫我釐清我剛才究竟說了什麼，做了什麼。

「我們有試過，馬里德，我向你保證。」爸爸禮貌地啜了一口酒，然後放下來，把酒推到遠處，像媽媽一樣替自己倒一杯茶。

醫生說偶爾小酌可以，但她顯然不願冒險，看到爸爸跟隨她的腳步，我毫不訝異。

「你母親好嗎？」媽媽問。她一吐出這句話，我便發現她殷切地想問這個問題。

馬里德咧嘴一笑。「她從來沒有鬆懈下來。當然，她很難過自己不能做更大的事，但她仍認眞投入哥倫比亞的工作，照顧周遭的人。有付出總比沒有好。」

「沒錯。」媽媽回答。「可以請你告訴她我時常想念她嗎？」

她目光望向爸爸，他的表情難以解讀，但馬里德似乎很高興。「我會的。我向妳保證，她也有著一樣的感覺。」

對話暫時停止，每個人一時間都望著手中的杯子。終於，爸爸打破了沉默。

「聽起來有對夫妻心地不好。那個妻子，她叫什麼名字？」

「雪倫。」馬里德和我齊聲回答。

「她來到這裡別有動機。」

「他們全都有各自的動機。」我說。「但那不就是重點嗎？每個人也許都懷有特定的想法，想改善日常生活。最困難的地方不是擁有那些想法——而是該怎麼達成。」

媽媽點點頭。「一定有什麼辦法能減少唇槍舌戰的時間。討論延宕了好久。」

「有時候辦得到，但有時候只會變本加厲。」馬里德解釋。「只要他們意識到他們在跟誰說話，對話就會變得比較明確。」

「我覺得今天的座談會肯定利大於弊。」我附和。

爸爸垂頭望著桌子。

「爸？你不覺得嗎？」

他抬頭望向我，臉上掛著微笑。「是的，親愛的，我也這麼覺得。」他發出嘆息，挺起胸膛。「而且我必須向你道謝，馬里德。此舉確實是一大進步，不只是爲了皇室，更爲了國家——這眞是非常好的主意。」

「我會向我父親轉達你的感謝。他在好幾年前就告訴我這個主意了。」

爸爸皺起眉頭。「那我也欠你個道歉。」他手敲著桌子，集中思緒。「請告訴你的父母，他們不需要和我們疏遠。就因爲我們方法不同，不代表——」

馬里德舉起手。「不用說了，陛下。我父親在許多場合已經提到，是他自己逾矩。我會說服他盡早打電話來。」

爸爸露出笑容。「我很期待。」

「我也是。」媽媽附和。

「而且你們想來皇宮的話，我們永遠歡迎。」我補充。「尤其是，如果你有更多親近人民的主意的話。」

馬里德露出得意的神情。「喔，這我多的是。」

隔天早上，我幾乎是第一個到辦公室的人，裡頭只有萊傑將軍在，他氣急敗壞地在父親辦公桌抽屜東翻西找。

「將軍？」我問道，讓他知道我進來了。

他草草行個禮，繼續搜索。「對不起。妳父親眼鏡破了，他說辦公桌有另一副。可是我到處都找不到。」

他的聲音沙啞，砰一聲關上抽屜，轉身掃視身後的架子。

「萊傑將軍？」

「他說眼鏡在這裡啊。還是東西就在眼前，我卻瞎了眼？」

「將軍？」

「我唯一要做的就是這麼一件事。結果我連個眼鏡都找不到。」

「將軍？」

「什麼？」他看都不看我回答。

「你還好嗎？」

「當然了。」他四處翻找，一刻也不停，直到我溫柔地將手放上他肩膀。

「你不會騙我父親。請你也別對我說謊。」

他終於罷手，抬起頭，眼中充滿疑惑。「妳什麼時候長這麼高了？」他問。「而且這麼會說話？我還記得妳母親衝進門，叫我們去看妳走第一步的那一刻，那感覺像是昨天一樣。」他淡淡笑了笑。「我不知道妳是否知道亞倫差點贏過妳。但就算還在母親腹中，妳也不讓任何人搶先於前。」

「你還沒回答我的問題。你還好嗎？」

他點點頭。「我不會有事的。雖然也許這樣最好，但我向來不擅長放棄。露西其實比我還能接受事實，不過心情大概相差不遠。」他瞇起眼。「我想妳知道我在說什麼。」

我發出嘆息。「我知道。但只略知一二。我很慚愧，我不得不承認我只一直顧著自己，沒發現你們多麼痛苦。我希望自己對這一切能更敏感一點。」

「別責怪自己。我們不住在皇宮裡，沒有孩子也不是我們願意多談的事。而且，這件事沒有人能幫得上忙。」

「沒辦法嗎？」

「就像我剛才所說，我們要放棄了。一開始，我們覺得時間還很多，等到我們尋求協助時，已經浪費了好多年。露西再也受不了了。」他頓了頓，嚥了嚥口水，才虛弱地擠出微笑。「身爲輔佐，身爲朋友，我希望自己沒讓妳失望。妳對我來說就像親女兒一樣，所以這對我來說很重要。」

我聽了一陣鼻酸，想到不久之前，我才稱他爲自己的備胎父母。「你沒讓我失望。你當然沒有。不只我這麼想，皇宮裡你幫忙帶大的每個孩子都這麼覺得。」

他瞇眼，感到不解。

「凱爾要學騎腳踏車時，伍德渥克先生的腿卻正好受了傷。我記得那時在皇宮前的小石子路上，你在凱爾後面扶著他，幫他找到平衡。」

萊傑將軍點點頭，臉上依稀找回一點笑容。「沒錯。那是我。」

「卡登掉第一顆牙的時候，爸媽在新亞細亞，對吧？幫他把牙拔出來的是露西小姐。而且她還教喬西畫眼線。妳記得她大肆宣揚了好幾週嗎？」

「我記得的是瑪琳叫她擦掉。」他說，漸漸提起精神。

「而且你教亞倫和卡登用軍刀，卡登最近還說要跟人決鬥，我第一個想到的就是多虧你，他一定會大獲全勝。」

萊傑將軍望著我。「我很珍惜那些回憶。真的。我寧可犧牲生命也不願你們之中有誰受到傷害。即使沒有人付我錢，我也要盡力保護你們。」

我咯咯笑了笑。「我知道。這就是我願意全心信任你的原因。」我握住他的手。「今天請好好休息。今天沒有人會進攻皇宮，如果他們進攻了，我再找你。」我看到他正要反駁，便補上最後一句：「好好安慰露西小姐。提醒她你們為彼此的付出，提醒她你們對我們的付出。我知道這樣仍無法彌補一切，但請務必這麼做。」

「我還沒找到眼鏡。」

「我相信他把眼鏡放在會客室。交給我。你去找露西小姐吧。」

他又握住我的手最後一次，然後放開，深深鞠躬。「是的，公主殿下。」

我目送他離去，之後我靠著辦公桌，思考著將軍、露西小姐以及他們兩人的生活。他們面對眾多傷痛和失落，但他仍然每天出現，盡忠職守。露西小姐也是如此。拿他們和我父母相比很奇怪，因為我父母的人生彷彿完美地彼此契合。

不論是面對生命中最深的失落，或是扛下治理國家的重任，我身邊有許多例子證明，真正的愛能讓人忘卻面前的不幸。忽然之間，我一點也想不起來自己過去為何如此害怕愛情。我在腦中一一細數我的候選人：凱爾貼心、法克斯熱情、亨瑞樂觀……他們擁有的特質全都很吸引我。但是除此之外，還有什麼是美好又持久的嗎？

我仍然沒有答案。但找尋心目中的那個「他」，似乎變得不再那麼不可思議。

我暫時拋開這想法，走進會客室。想當然爾，爸爸的眼鏡收也沒收，反過來放在一疊書上。我拿起眼鏡走向他的房間，心裡仍思忖著未來。我擔心媽媽還在睡覺，所以輕手輕腳地敲了他私人書房的門。

「什麼事？」他說。

我走進去，看到爸爸在書桌前，瞇著眼看文件。

「我找到這個。」我說，手舉起眼鏡，拿著晃了晃。

「啊！妳眞是救了我一命。艾斯本呢？」他問，高興地接過眼鏡戴上。

「我要他今天休息。他似乎心情不大好。」

爸爸猛然抬起頭。「有嗎？我沒注意到。」

「有啊。不只他，我覺得可能露西小姐今天心情也不好。」

我一提到她的名字，他似乎意會過來。

「唉，這樣我覺得好內疚，應該要好好安慰他。」他向後靠著椅子，揉揉太陽穴。

「你最近有睡覺嗎？」我隨手摸著紙鎮問。

他露出微笑。「我有試著多睡一點，乖女兒，眞的。可是你媽媽只要稍微發出聲音，我馬上就醒了，最後我只好看著她一個小時，等我心情平靜下來才繼續睡。她心臟病發讓我提心吊膽。我以前總是覺得眞要出事，也是發生在我身上。」

我點點頭。這段時間我自己也經常注意他，擔心他身體出問題。但媽媽？她完全瞞過了我們。

「妳媽媽一直嚷嚷著明天要上《報導》，想藉此表示一切都已回復正常。就好像是在說，因爲她能上節目了，我就該回去工作。可是我心裡清楚，只要我一回去工作，她也會開始工作。我當然不希望她成天數著手指，無所事事，但是一想到她要再次擔起王后的工作，日復一日……我就無法忍受。」

他揉揉雙眼，苦澀地朝我一笑。「事實上，能暫時停下來喘口氣是件好事。直到這次不得不停下來，我才發現我之前有多吃力。」他抬頭望著我。「我都不記得上次和妻子好好相處十個小時是什麼時候了。她現在眼睛周圍多了好多淺淺的魚尾紋。」

我微笑。「嗯哼，這要怪你說了一大堆冷笑話，爸。」

他點點頭。「這是我的錯嗎？我這人就是多才多藝。但其實反過來想，我的心情也難以調適。她回去當王后的話，我就必須繼續當國王。我不知道何時才能像這次這樣好好休息一週，跟她單獨相處。」

「那如果她不當王后呢？」

他瞇起眼。「什麼意思？」

「嗯……」自從昨天的座談會之後，這件事便縈繞在我心上。我可能永遠無法幫助所有的人民，但我能幫到一些人。這比我想像中更令我振奮。而且最少最少，我能幫助我的父母，以近期而言，這感覺更像是一大創舉。不過，當我一字字說出口，我知道聽起來還是像我腦袋壞掉了。「如果她再也不當王后了呢？讓我當女王怎麼樣？」

爸爸動也不動，難以置信地望著我。

「我沒有不尊敬的意思。」我支吾。「我知道你們絕對能繼續領導人民……但你說得對。媽媽一定會想盡到王后該有的義務。但如果我成爲女王，她就必須找別的事做了。」

他的雙眼睜大，彷彿從未考慮過這個選項。

「如果她不是王后，你不是國王，然後剛好她身體健康的話，也許你們就不用像這次只能待在房間休息。也許你們可以去旅行之類的。」

他眨眨眼，想到這可能性，他張口結舌。

「我們甚至可以就在這一週完成。我可以做好一件加冕禮服，布麗絲女士和妮娜可以處理好一切事宜，你知道萊傑將軍會確保加冕典禮的安全。你什麼都不用擔心。」

他嚥了嚥，別開頭。「拜託，爸，我沒有不尊敬的意思。我——」

他舉起一隻手，我不禁安靜下來，他轉過身時，我訝異地發現他眼眶中泛著淚水。「妳沒有冒犯到我。」他沙啞地回答，接著清了清喉嚨。「我只是好爲妳感到驕傲。」

我漾起微笑。「所以……你要讓我登基嗎？」

「妳將會面對一段艱困的歲月。」他嚴肅地說。「此時民心浮躁。」

「我知道。我不害怕。總之，沒有那麼害怕。」

我們相視大笑。「妳一定會做得很好。」

我聳聳肩。「我不像你。而且我絕對不像媽媽。但我做得到。我有很多人幫忙，而且我仍然有你們在身旁。現在我們三人之中，可能只有我勉強撐得起一國之君的位置。」

他搖搖頭。「一點都不勉強，伊德琳。也許我不常跟妳說，但妳真的是個非常傑出的女孩子，不但聰明幽默，能力更是超群。當妳的國民無比幸運。」他一字一句發自肺腑，我眨著眼，強忍盈眶的淚水。

我直到此時才發覺，他的評價在我心中占有多大的重量。但是，我早該想到，多年來我一直亦步亦趨跟隨他的指導，當我自己走出自己的路，最重要的莫過於他的肯定。

他深吸一口氣。「那好吧。」他起身，繞過書桌，從無名指摘下傳家之戒，戴到我的中指上。他的雙眼深深望著我，這麼多年來，我第一次見到那雙眼如此清澈。「這枚戒指妳戴起來非常適合。」

我歪著頭。「放到我身上的東西，不適合的也寥寥無幾。」

16

媽媽星期五晚上走進攝影棚，全場爆出掌聲。她舉起手揮動，感謝大家的支持，爸爸緊緊跟在她身旁，兩人之間彷彿連光都透不過。醫生取下血管的那隻腿有點跛，但她姿態從容優雅，不仔細看根本不會發現。她選了一件高領的禮服，我看到她手不斷碰著領口，知道她擔心疤痕露出來。

「妳看起來美極了。」我說，大步走到她和爸爸身邊，幫她放鬆下來。

「謝謝妳。妳也是。」

「你感覺還好嗎，爸？」我彎過身，試著觀察他的狀況。

他左右晃晃頭。「有點鬆了口氣，有點緊張。不是緊張妳——妳不會有問題。我只是擔心人民的反應。」

我注意到他氣色好了一點，我看得出來他發覺媽媽能盛裝打扮，精神也爲之一振。

「我也是。但我們都知道這一天遲早會來。我寧可現在繼承，在最需要我的一刻幫上忙。」

媽媽感嘆一聲。「終於能夠離開聚光燈，退居幕後了。」她說。「我好想念以前待在幕後的日子。」

「人民還是會看著，親愛的。」爸爸說。「只要記得今晚抬頭挺胸，需要我的話，我永遠都在妳身旁。」

「所以，跟以前一樣？」

他微笑。「跟以前一樣。」

「聽著，我本來沒打算把你們踢出皇宮什麼的，但如果兩位一直堅持這麼噁心，你們還來不及辯解這是『正常放閃』，我就會把你們送到鄉下小屋裡。」

媽媽親親我的頭。「今晚祝妳好運。」

他們走向座位，我則越過攝影棚走向男士們。

「公主殿下。」伊恩深深行禮，笑容比平時更耀眼。

「你好，先生。」

「妳今晚可好？」

「很好，我想。今天的節目會非常刺激。」

他靠過來。「我一直期待著一點刺激感。」他輕聲說。

伊恩散發著鬍後水和菸草的味道，還有從我們相遇之初就淡淡圍繞著他的慵懶氣息。

「我最近非常忙，但我一直在想，你我應該約個會。」

他聳聳肩。「除非妳想。如我所說，我無意向妳要求任何事情。」

「所以你感覺很自在？」

「沒錯。」他笑著回答。「而且一如往常，妳需要我的話，我一直都在這裡等著妳。」

他鞠躬走開，坐到了海耳身旁。伊恩靠近時，海耳低聲和他說了些什麼。我看伊恩只搖搖頭。海耳看起來惴惴不安，我發覺我們在那場災難之後都還沒說過話。我不確定自己是否已準備重修舊好。

無論如何，我走向我那一小群候選人。

「王后回來眞是太好了。」法克斯說。

我綻放笑容。「沒錯。她會簡單說明她的近況，接著我們會報導一般的新聞，最後父王會宣布一件大事。你們今晚逃過一劫。」

「感謝老天。」凱爾咧嘴笑著倒回椅子上。

我咯咯笑。「我懂那感覺。所以你們就坐在這裡，看起來帥帥的就好。」

「已帥。」伊恩開玩笑說，我沒想到他會開玩笑。海耳大笑，亨瑞面帶微笑，不過從他的表情看得出來，他不了解剛才發生什麼事。

我走開來，邊走邊搖頭，這時我手腕上傳來一陣輕拂，我停下腳步。

「對不起，公主殿下。」愛瑞克說。「我在想我是不是該坐在觀眾席，因爲今晚不會有人提問。」

他湛藍的雙眼映著攝影棚的光，明亮而清澄。

「你擔心自己不躲起來，我會把你拖到舞台中間嗎？」

他咯咯笑了笑。「妳都不知道我多擔心。」

「別擔心。你不會有事。但亨瑞仍必須知道我父親宣布的事，所以別跑太遠。」

他點點頭。「我會的。妳還好嗎？妳看起來有點緊張。」

「對啊。非常緊張。」我坦白說。

「我能爲妳做什麼嗎？」

我手放上他的肩膀。「爲我祈禱吧。今晚會十分有趣。」

我坐在媽媽身旁的位子，望向眼前一小群人。喬西選擇的禮服再次讓我心生困惑。她身上好多亮片，不知道的人可能會以爲她今晚要上鏡頭。也許那就是她的計畫，事先準備，以備不時之需。

萊傑將軍通常會站在一旁，但今晚他坐在露西小姐身旁，讓她依偎著他。他微微轉過頭，溫柔地吻著她的額髮。他們沒有彼此相望，也沒交談，但我能感覺到，他們無聲地說著話，兩人彷彿置身於時間之外。

我能這樣靜靜望著他們好幾個小時，但有人令我分了心。卡登瘋狂揮手，比起兩隻大拇指，我俏皮地笑了，稍稍揮個手回應。

「連他都那麼興奮了，亞倫聽到不知道會有多激動。」媽媽又拉著項鍊，調整她身上一層層遮住疤痕的衣物與飾品。

「是啊。」我一時口拙，只能這樣回答，想到他甚至不打個電話給我告知近況，我忍不住覺得他可能根本不在乎。

攝影機開機，節目開始。

媽媽以她好轉的消息做為《報導》的開場。「我恢復得非常好，多虧傑出的醫療團隊和我的家人給予我充分的照顧。」她向人民保證。我知道在我們宣布大事之前，這會是人民唯一關心的消息。報導資金和國際關係的新聞時，我自己也差點恍神。我覺得國內其他人大概也不在乎。

最後，爸爸走到舞台中央的講台，直視攝影機，緩緩呼出一口氣。「我的人民。」他開口，但馬上停下來，轉向媽媽和我。我握住她的手，擔心他改變主意。我雖然很害怕繼承王位，但此時反悔，感覺就像被宣告失敗一樣。

他凝視我們兩人一會，雙唇慢慢化為笑容，然後回望攝影機。

「我最愛的人民，我今晚在此尋求你們的諒解。二十年來，我身為國王盡心盡力，平息戰爭和紛擾，致力於長遠的和平。我們和新的伙伴結盟，擺脫陳舊的社會結構，盡我們所能給予每個人得到幸福的機會。現在，我希望你們也給我這個機會。

「有鑑於我妻子近期身體欠安，我發現自己無法專心帶領國家向前，更不用說維持現有的一切。因此，經過審慎思考和討論，我和家人決定，我的女兒伊德琳·席理弗公主將在不久之後繼承王位。」

他暫時停了下來，給大家時間明白這句話的意思，這時我聽到了最意外的聲音：掌聲。

我抬頭，發現是候選的男士們。他們正爲我鼓掌。凱爾跳了起來，爲這消息感到無比激動，海耳也加入，手指放上嘴巴吹哨。菁英候選人全站起來之後，我發現攝影棚所有人也一同喝采。不只是瑪琳小姐和萊傑將軍，還包括化妝師和確認節目順利進行的現場人員。

我的嘴唇稍稍顫抖，爲他們立即爆發的喜悅感到震撼。眼前的景象鼓舞了我的自信心。也許我們都只是杞人憂天。

爸爸受到現場的鼓舞，等掌聲稍微止歇後繼續說。「此刻我們已著手規畫加冕典禮，時間訂在下週末。公主這輩子都在我身旁，我知道要託付國家，她是不二人選。而且，我不得不說，她主動拋出提前繼承王位的想法，單純是爲了讓父母能卸下領導國家之責，享受我們不曾有過的夫妻生活。我希望你們能與我一同爲這美好的消息感到高興。我們全家人感謝你們，感謝我們的人民，謝謝你們長久以來的支持。」

爸爸演說一結束，掌聲和口哨聲又再次響起。我走向講台，和他交錯而過，他舉手和我擊掌，我忍不住回應了他。我站到講台前，感覺腹中波濤洶湧。

「我想感謝皇宮裡所有人，自我當上攝政王以來，感謝他們的幫助和指導，我也希望讓所有伊利亞人民知道，能登上王位，我的心情十分高興；能爲我父母付出，更帶給我無比的喜悅。」這份心情再眞實不過了。全世界再多的擔憂都無法動搖這點。「從我當上女王那一刻起，後頭男士之中的獲選者就不再只是王子，他會正式成爲親王。」

我回頭望向他們，有人欣喜若狂，像是法克斯和凱爾，但海耳卻皺著眉頭。所以那天晚上不只是偶然。他心裡眞的充滿疑慮。到底發生了什麼事？我怎麼會失去他的心？

「我的加冕典禮將會是皇宮有史以來最大的一場慶祝盛會。請大家去各省會的服務處索取資訊，每個省會將選出一個家庭，免費受邀至皇宮參與慶典。」那是我的主意，我相信馬里德一定會喜歡。「當然，在過渡期間，我們希望大家不吝支持我們一家人。我們感謝你們，伊利亞的人民，晚安！」

攝影機關機之後，我馬上走向爸媽。「你們敢相信嗎？」

「一切都好順利！」媽媽說。「男孩們自己鼓起了掌。好自然，我知道那股活力一定能感染坐在電視機前的人民。」

「那是個好跡象。」爸爸附和。「我想妳選的丈夫馬上會成爲親王，這點肯定會讓競選白熱化。」

「已經夠瘋狂了好不好。」我邊笑邊唉聲嘆氣。我心裡一片喜悅，一時間根本顧不得我的心情早已亂成一團。

爸爸親親我的額頭。「妳太棒了。好了，妳需要休息一下嗎？」他轉向媽媽問。

「我沒事。」她翻白眼，兩人走下舞台。

「妳確定嗎？我們可以把晚餐送到房間裡。」

「我發誓，你把晚餐送到房間的話，我就拿來丟你。」

我大笑。大家都說他們競選時是一對歡喜冤家，我越看越覺得有理。現在，我唯一需要的就是撐過自己的競選。

17

隔天早上我一手抓著報紙，一路奔跑到餐廳。我咻一聲經過侍衛和菁英候選人，撲到爸媽面前。

「看。」我指著頭條跟他們說。

頭條寫著：「**他們看到了什麼我們不曾見到的特質？**」下頭附上一張所有男生在《報導》中起立歡呼的照片。

爸爸拿起報紙，戴上眼鏡，讀出報導，不過他沒有提高音量讓全場都聽到。

「『想到伊德琳．席理弗公主，你腦中浮現的第一個形容詞可能不是**好相處**、**熱情**或**深受愛戴**。她確實天生麗質，別具品味，更沒有人能懷疑她的聰穎，但是大家可能會對其他部分有所質疑，例如她是否願意為人民付出。因此，我們必須捫心自問，這群年輕男子，也就是貨眞價實的伊利亞之子，究竟在她身上，看到了什麼我們看不到的特質？』」

媽媽抬頭望著我，臉上掛著微笑。

「『耳聞公主即將登基時，競選最後階段剩下的五位紳士立即起立鼓掌，我不得不承認，這不是本報記者最初的反應。我曾心存憂慮。她太過年輕，太過冷漠，也不和人民接觸。

「『競選之前，這群男生中有四位是她從未謀面的陌生人，若他們毫不猶豫爲她喝采，那我們未來的女王擁有的肯定不只是美麗的容貌。最近，菁英候選人曾提及她善解人意，親切迷人。莫非她其實一直都擁有這些特質，只是難以透過螢幕傳達？莫非她是個眞誠的領導者，已準備好爲人民犧牲奉獻？

「『其實，她繼承王位之舉已不言自明。國王和王后仍然年輕。他們身心依然健康，能繼續統治國家。公主此時提早接下王位，讓兩人能享受婚姻生活，不但顯示出她對家人的愛，還有她致力於工作的決心。』」

我看到媽媽已熱淚盈眶。

「『只有時間能證明一切，但至少暫時，我可說是重拾了對於皇室的信心。』」

「喔，親愛的。」媽媽歡呼。

爸爸將報紙還給我。「小伊，這太好了。」

「這是長久以來最激勵人心的一篇輿論。」我心滿意足嘆了口氣。「我不想期待太高，但這篇報導讓我今天再累都心甘情願。」

「我希望妳早上別一股腦做個不停。」媽媽意有所指地望了我一眼。「我可不希望妳還沒登基就把熱情燃燒殆盡。」

「我很想說我早上的行程很輕鬆，但我不想騙妳。」我承認。「我現在要去上芬蘭語。你們知道芬蘭語數字有多難發音嗎？」

爸爸啜了口咖啡。「我聽了好幾年。我為妳的勇氣拍拍手。」

「亨瑞人非常和善。」媽媽品頭論足起來。「我沒料到妳會喜歡這一型，但他確實能逗妳開心。」

「噗。」爸爸轉向她。「妳又懂得怎麼挑老公了？妳上次挑的時候可是選到妳面前這傢伙。」

她笑著打了他手臂一下。

「你們兩個噁心死了，好心情都被你們毀了。」我轉身走向門口。

「祝妳今天開心，乖女兒。」媽媽從我身後喊著，我舉手回應之後，便停在亨瑞身旁。

「嗯……Lähteä（走）？」

他綻放笑容。「對！好，好！」他把餐巾放到盤子上，挽住我。

「等一下！」法克斯大喊，凱爾跟在他身後。「我一直在期待下一堂課。我覺得我上次練得不錯。」

「愛瑞克是個很會鼓勵人的老師。就算你發音根本連不起來，他還是會說『很不錯唷』。」凱爾大笑一聲說。

我點點頭。「也許這是史汪登威人的特質？亨瑞上次要幫我糾正發音也好可憐，我嘴形根本不對，他還用手捏我的臉。」我模仿他的動作，亨瑞意會，朝我們微笑。「但他有不耐煩嗎？完全沒有。」

我一提起這件事，就想起亨瑞和我在那一刻差點接吻。我一方面鬆了口氣，因爲其他人似乎都沒注意到，但我另一方面又驚覺到，自己事後完全沒有想到這件事。

我們到了圖書室，愛瑞克早已到了，並開始在黑板上寫字。

「早安，教授。」我走向他問好。

「公主殿下。還是我們現在要稱妳爲『陛下』？」

「還不要！」我驚呼。「我光想到就全身打顫。」

「總之，我爲妳感到興奮。我們全都是。我是說，他們全都爲妳興奮。」他糾正自己，朝菁英候選人點點頭，海耳和伊恩此時也尾隨大家走了進來。「我不是故意要跟他們湊在一起。我只是剛好有機會能近距離看到每個人的反應。」

「別傻了。你跟大家是一伙的。」我望向四周大笑。「有時會感覺你們比較像是組成了古怪的小團體，一點都不像競選。」

「妳說得對。但這並不能改變其中競爭的本質。」

聽到他理性的語氣，我不禁回頭望向他，但他避開我的目光。他拿起一疊講義，交給我。

「能夠教導我們的新女王學習芬蘭語，這份殊榮眞不知道該從何說起？」他眼中散發著驕傲的光芒。

我目光飄向其他人，看著他們選擇座位，我稍微靠近他，悄悄向他低語。

「等一切結束，我也會想念你，你知道。你跟其他人一樣重要。甚至比某一些人更重要。」

他搖搖頭。「妳不該這麼說的。我跟他們不一樣。」

「你跟他們完全一樣。沒有高下之分，艾可。」

他聽到自己的本名，愣了一下，他的嘴角微乎其微地上揚，勾出一道微笑。

「嘿，小伊。」凱爾喚著我。「要不要跟我一組？」

「好啊。」我走向他，愛瑞克跟在我身後。

「我們花幾分鐘複習上週學的東西。」愛瑞克開口。「接著我們再來學一些基本問答。我知道你們有些人正在學其他會話，我也很樂意幫助你們。至於現在，我們先複習一下數字。」

「好，開始吧。yksi、kaksi、kolme、neljä、viisi。」凱爾自豪地背誦一到五。

「你怎麼辦到的？我好嫉妒。」

「靠練習啊。幹麼？妳沒有時間練習用芬蘭語數數兒嗎？」

我大笑。「我最近連洗澡都像在打仗一樣。我好懷念自由自在的時光，但只要讓爸媽有機會喘息，一切都值得。」

「雖然我覺得由我來說怪怪的，但我還是要說，我爲妳感到驕傲。」他憋笑，但失敗了。

「有點像是證明了我迷戀的不是個虛構的幻象，妳確實如我所想的一樣聰明、無私又堅定。」

「大概跟去年此時的伊德琳恰恰相反？」我頑皮地說。

「別誤會我，她以前也是個有趣的女孩，懂得怎麼舉辦派對、活絡氣氛。現在這個女孩也會，而且還懂得更多事。我很喜歡她。但我想妳已經知道了。」

「我也喜歡你。」我輕聲說。我眼角瞄到愛瑞克，便轉向講義。「我八和九搞不清楚，因爲它們很像，可是又不一樣。」

「好。那我們再來試試看。」

愛瑞克走開。浪費課堂時間感覺好有罪惡感，尤其這是我眞心想學的語言。

「說到喜歡你，對不起我最近騰不出時間。」

凱爾聳聳肩。「別擔心我，小伊。我哪都不會去。」他說完，指著我面前的講義，逼我專注在音節上。我望著他誇張地示範發音的嘴形，心中充滿感激，好感謝有這幾堂語言課，有這些時間，以及即將來臨的一切。

我推開辦公室的門，看到布麗絲女士在講電話。她邊說話邊朝我揮揮手。

「是的……是的……從今天算起一個星期。謝謝你！」她掛上話筒。「不好意思。妳的辦公桌最大，一週要搞定加冕典禮，有很多事要處理。花已經安排好，教堂也安排好了，我們請了三個設計師設計三套禮服供妳選擇，如果妳派妮娜去監督禮服進度的話，我相信她一定會很興奮。」

我望著她放在桌面上的一大堆文件夾。「妳一天就做完這全部？」

「差不多。」

我白了她一眼，她咧嘴一笑，這才坦白。

「我有預感這一天快到了，所以事先確定好了幾件事。」

我搖搖頭。「妳比我更了解我自己。」

「這是我工作的一部分。」她說。「另外一提，我今天早上接到馬里德的電話。他謝謝妳邀請他家人參加加冕典禮，但他不確定父母到場是否合適。」

「我有跟爸爸說過了。他知道這點，對吧？」

「他知道。」

我嘆了口氣。「但馬里德會來嗎？」

「會。等到妳成爲女王，一切塵埃落定，到了那個時候，如果妳願意的話，可以再繼續試著重修舊好。」

我點點頭。「如果這段關係還能夠修補，我希望能這麼做。」

「非常明智。」

我深吸一口氣，沐浴在她的稱讚裡。如果我要活下來的話，我要深深將一句句好話緊貼在心上，像盔甲一樣。

「我準備好要工作了。開始吧。」

「其實，我覺得妳現在最有效率的做法就是去和菁英候選人聊聊天，或者安排個約會之類的。」

「我剛才就跟他們在一起。」我抗議。「他們都很好。」

「我的意思是一對一。加冕典禮的事妳本來就不該管，其他事都可以等到星期一再處理。妳的女王生涯已經正式向前一步，但當初說必須兼顧私生活的也是妳啊。」她挑著眉看我。

「好啦。」

「幹麼這麼悶悶不樂？我沒記錯的話，妳覺得他們五個人都很好，簡直難分軒輊。」

「很複雜。現在我最想說話的人可能甚至不想跟我說話。」我發出一聲嘆息。「祝我好運。」

「妳不需要。」

18

我坐在房間，等海耳過來。我想在私密、舒服的地方進行這段對話。我手心冒汗，倏地發現，我現在面對的都是我由衷不想送回家的男生。我知道最後只有一個人能留下，但我多希望其他人也能以皇宮爲家，或至少答應我逢年過節會回來。

聽到敲門聲，我猛然抬起頭，親自起身去開門。因爲我不希望有其他人在場，便要艾若絲先離開。

海耳鞠躬。「公主殿下。」

「請進。你餓嗎？要喝什麼嗎？」

「不用，沒關係。」他搓了搓雙手，看來跟我一樣緊張。

我坐到桌前，他也跟著坐下。

我再也無法忍受我們之間的沉默，我開口：「我需要你告訴我發生了什麼事。」

他嚥了嚥口水。「我也想告訴妳。但我不知道如果最後妳因此恨我，我會做出什麼事。」

雖然房中很溫暖，我卻感到一絲寒意。「我爲什麼會恨你，海耳？你做了什麼？」

「不是我做了什麼。而是我不能做什麼。」

「所以是？」

「我不能娶妳。」

雖然我早有心理準備，我的心也從來沒有完全屬於他，但親耳聽到仍然令我好心痛。

「爲——」我不得不停下來，深呼吸一口氣。我最害怕的事成眞了。沒有人會愛上我。我就知道。而他只在我身邊待了幾週就明白這事實。「爲什麼你忽然這麼確定不能娶我？」

他停下來，表情痛苦，我稍微有點安慰，因爲他似乎不是**故意**想傷我的心。「當我發現我已經愛上另一個人的時候。」

至少這比我原先所擔心的容易接受一點。「卡莉？」

他搖搖頭。「伊恩。」

我頓時啞口無言。伊恩？那一個**伊恩**？

我完全沒料到。海耳一直如此溫柔浪漫。但一瞬間，關於伊恩，一切都清楚了。

施行階級制度的年代，法律規定每個家庭的階級以丈夫爲準。因此，兩人共組家庭非得是一男一女。不結婚就沒有合法的家庭。當然也有人乾脆同居，稱呼自己的愛人爲室友，不過總會遭人歧視。媽媽曾告訴我，卡羅來納那裡曾有同性伴侶遭排擠，被逼得離開城裡。

我從來沒把這件事放在心上。就我聽起來，媽媽成長的年代，許多人都過得很辛苦。爲什麼有人會故意讓別人的生活過得更苦呢？

無論如何，同性伴侶通常都活在陰影中，活在社會的邊緣，不幸的是，至今仍是如此。因此，伊恩接受自己找不到眞愛的事，如今看來都能理解了。

但是海耳？

「你……那你怎麼會……？」

「我們有天晚上在紳士房聊天。我睡不著，決定到那裡看書。我看到他在寫日記。」海耳自己笑了笑。「看他那樣子絕對想不到，他其實非常會寫詩。」

「總之，我們就聊了起來。接著，我甚至不記得我們是怎麼坐到彼此身旁，但後來他親了我，然後……我那一刻就明白，我爲何從來不曾對卡莉有好感。我那一刻就明白，雖然妳是我所認識最聰明、最有趣、最勇敢的女孩，但我不能娶妳爲妻。」

我閉上眼，慢慢思索這番話。我當然完全亂了手腳，因爲我腦中此時只想著這對我有多大的影響。先不提海耳要怎麼向家人解釋自己的發現，也暫時不提伊恩最終將被迫出櫃，要是媒體發現不只一個候選人，而是兩個候選人寧可彼此交往，也不願跟我在一起，他們會說出多難聽的話？

有時候，我這個人眞的糟透了。

「我知道在競選之中，還跟其他人交往是叛國罪。」海耳深呼吸。我睜開眼，我忘記了這一點。「但我也知道眞誠、短暫的生命好過隱瞞一輩子。」

「海耳。」我越過桌面，伸手握住他的手，誠懇地說。「你怎麼會覺得我會懲罰你呢？」

「我知道法律。」

我發出嘆息。「我們的生活完全受到一條條法律的束縛，是不是？」

他點點頭。

「也許你可以跟我談個條件？」

「什麼條件？」

我將手抽回來，搓了搓。「我希望你們能先留在皇宮裡，等到我的加冕典禮結束，再讓我淘汰你和伊恩，中間可能會隔幾週，也許幾天而已。如果你答應的話，我會保證你們不受任何傷害，平安離開皇宮。」

他望著我。「眞的？」

「我承認，我擔心這一切的後果。但如果事情看起來是你們被淘汰後惺惺相惜，那就沒有人能指控你們叛國。對不起，因為如果媒體發現的話，他們會把我轟得體無完膚。」

「我眞的不希望爲妳造成更多麻煩。我沒有愛上妳，但我很愛妳，愛到我願意告訴妳眞相。」

我起身，伸手拉近我們之間的距離。他也站了起來，我雙臂環抱住他，頭靠在他的肩膀。

「我知道。我也愛你。我不希望你一輩子和我銬在一起受罪。」

「我能爲妳做什麼嗎？接受妳的祝福，平安走出皇宮已超出我的期盼。我能幫得上什麼忙？」

我退開。「再幫我當個模範候選人幾天就好。我明白這樣要求很過分，但對我來說，平安度過加冕典禮就是最重要的事。」

「這樣一點都不過分，伊德琳。這根本不算要求。」

我一手摸著他的臉頰。一天一件事。

「所以，他是你的眞命天子嗎？」

海耳大笑，終於放下心中的大石。「我不知道。我是說，我從來沒有過這種感覺。」

我點點頭。「他不常和我說話，也許你可以幫我跟他解釋你們的淘汰會怎麼進行？他可能會比你早離開，因爲就他給大眾的印象看來，選上的機會比較小。」

說出這件事，也令我胸口感到一點刺痛。伊恩一直是張安全網，即使知道了眞相，我仍捨不得讓他回家。

「謝謝妳。謝謝妳爲我做的一切。」

「別這麼客氣。」

海耳走近，又抱了我一次，然後才跑出了門。我漾起微笑，想到海耳和我面對著同樣的處境，我們都向前奔向未來，卻不保證從此過著幸福快樂的日子。無論如何，只要我們努力向前奔跑就有意義了，不是嗎？

我喜歡這樣想。

今天的開端一片美好，但很快地就變得五味雜陳，到了最後，我已準備跳過晚餐，直接倒在床上。我推開門，專心回想這一天最美好的部分：布麗絲女士說我很明智；媒體反應感覺滿好的；海耳跑出房之前露出的明亮微笑。

「妳知道，」一個低沉的聲音說。「我覺得妳的侍女可能最喜歡我。」

凱爾躺到我的床上，手臂舒服地枕著頭。

我大笑。「爲什麼這麼說？」

「因爲要賄賂她也太容易了。」

「你至少鞋子該先脫掉吧。」

他露出俏皮的表情，脫下鞋子，然後拍拍他身旁的空位。

我整個人撲倒上去，一點都不像個淑女。他翻過身，面向我，我瞄了一眼他的手指。「你今天到底做了什麼事？」

「我下午都拿著炭筆在畫圖。」他回答，他把髒髒的手翻個面。「別擔心。不會弄髒妳的床單。顏色都吃到手指裡了。」

「你又想到什麼？」

「我知道這可能越界了，但我想到座談會的事，我在想，不知道常辦這種活動會不會有幫助？我把其中一間會客室重新設計，永久規畫成覲見室，妳可以在那裡跟人民見面，傾聽個人的請求，一對一對話。正式的安排，但規模較小。」

「這麼做眞的很周到。」

他聳聳肩。「我說過，我一直在爲妳設計。」

他眼中的神采好天眞、好孩子氣，一時間，我都忘記我們經歷了好多艱難的事。

「也許妳也可以設立個無線電電台。」他說。

「呃，爲什麼？《報導》就夠我受了。」

「我在芬利省讀書時，朋友和我經常聽廣播。我們在廚房煮飯或工作時都會開著，只要聽到什麼有趣的消息，我們便停下手邊的事，並開始討論。妳也許可以藉此拉近和人民的距離。而且不會像攝影機對著妳的臉感覺那麼糟。」

「有趣。我會考慮看看。」我摸著他烏黑的指尖。「你還有設計別的嗎？」

他露出淘氣的樣子。「記得我之前說的那些小屋嗎？我在想能不能再往上蓋一層，提供給比較大的家庭居住。但看看我用的建材，可能沒法往上蓋，鐵皮屋頂太弱了，不耐重壓。要是能實際建一棟試試看就好了。也許眞應該找一天來試試。」

我盯著他。「你知道，凱爾，親王很少弄髒雙手。」

「我知道。」他嘴角彎起。「但能這樣想總是聊勝於無。」他移了移身子，順勢迅速轉移話題。「報紙今天反應不錯。」

「是啊。現在我只需要保持這股氣勢。但我完全不知道要怎麼再次營造士氣。」

「妳不用刻意營造，有時候事情自然會發生。」

「心裡要是真能完全放下該有多好。」我打個呵欠。即使今天還算順利，我還是好累。

「妳希望我走，讓妳好好休息嗎？」

「不用。」我說，靠近他一些，轉身仰躺。「你可以再留在這裡一會嗎？」

「沒問題。」

他握著我的手，我們望著天花板細緻的圖案。

「伊德琳？」

「嗯。」

「妳還好嗎？」

「嗯。我覺得如果可以慢下來，我會更好，但所有事情都喊著『現在、現在、現在』。」

「妳可以把加冕典禮延後。繼續當攝政王一陣子。基本上是一樣的。」

「我知道，但是感覺不一樣。我繼續當攝政王，爸爸不會有意見，可是我訂好日期沒過多久，他氣色就好多了。我知道那是放下了心理壓力，況且如果這能讓他睡好，能讓他好好照顧媽媽，媽媽也會恢復得更快……」

「我懂妳的意思。但除此之外呢？妳沒有要趕著結束競選，對吧？」

「我沒有刻意。但目前看來人選自然而然減少了。」

「什麼意思？」

我發出嘆息。「我現在眞的不能說。也許等一切塵埃落定再說吧。」

「妳可以相信我。」

「我知道。」我把頭靠到他肩膀上。「凱爾？」

「嗯。」

「你記得我們的初吻嗎？」

「我怎麼忘得了？都印在每一份報紙頭版了。」

「不，不是那個吻。我們**最初**的那個初吻。」

他疑惑了一會，接著猛抽了一大口氣。「我。的。天。啊。」

我躺在那兒大笑。

凱爾六歲，我四歲時，我們常在一起玩。我還是不記得他何時厭惡起皇宮的生活，也不記得我們何時開始互相討厭，但那時，凱爾就像另一個亞倫。有一天，我們在玩躲貓貓，凱爾找到我。但他沒有伸手抓我，他直接彎下身親我的嘴。

我站起來把他推倒在地，發誓如果他敢再做一次，我會把他吊死。

「四歲的孩子怎麼懂得威脅別人？」他逗我說。

「從小到大都有人教，我想。」

「等一下，妳現在是委婉地暗示妳要吊死我嗎？如果是的話，妳也太冷血了吧。」

「不。」我大笑。「我覺得我現在欠你個道歉。」

「沒關係。其實後來幾年很好笑。別人問我初吻時，我從來不說那個吻。我告訴他們是沙烏地阿拉伯總理的女兒。我想那仔細算來是我第二個吻。」

「你爲什麼不告訴他們眞相？」

「因爲我以爲妳可能會眞的吊死我。」他開玩笑說，我咯咯笑了。「我想我只是不願想起。那個初吻眞的一點也不夢幻。」

「眞的?!」

「是啊。」

我不禁又咯咯笑。「媽媽跟我說，她是爸爸的初吻，而且她當下其實好想收回那一吻。」

凱爾大笑。「妳知道亞倫的初吻嗎？」

「不知道。」我說。但凱爾眞是故意吊人胃口，他還沒說出任何一個字，我就笑到眼淚都流出來了。

「是跟一個義大利女生，但他感冒了，然後——」他大聲笑到說不出話來。「喔，受不了，他親到一半打噴嚏，鼻水弄得到處都是。」

「什麼？」

「我沒有親眼看到那一吻，但事情發生時我在場。我直接抓了他，拔腿就跑。」

我笑得肚子好痛，我們笑了好久。等到我們終於冷靜下來，我發現了一些事。「我沒聽說過有誰初吻順利的。」

過了一會，他回答：「我也沒聽過。也許特別的本來就不是初吻，而是最後一吻。」

19

我站著動也不動，妮娜在我身後，替我用珠針固定好加冕禮服。那是一件桃心領的金色傘狀長禮服，肯定能驚豔四座。披肩相當重，幸好我只需要在教堂裡穿著。我從三件禮服中挑了這件，但如果我有時間自己設計服裝的話，這可能也不會是我的選擇。不過，每個人看到還是驚嘆不已，所以我雖然害羞地咬著嘴唇，心裡卻十分欣喜。

「妳看起來美呆了，親愛的。」媽媽說，我走到巨大的鏡子前，站到專門爲試衣準備的站台上。

「謝謝妳，媽媽。妳覺得這件跟妳當上王后時的禮服比起來怎麼樣？」

她咯咯笑。「我的加冕禮服也是我的新娘服，所以根本不能比。妳的禮服太完美了，專門爲加冕典禮設計。」

妮娜輕聲笑了笑，我摸著上半身的繡花。「這絕對是我這輩子穿過最華麗的禮服。」

「不如這樣想，妳結婚的時候禮服必須更美。」妮娜開玩笑說。

我笑容漸漸消失。「眞的。那會是一場挑戰，對吧？」

「妳還好嗎?」她望著鏡中的我問。

「沒事。有點累而已。」

「我不管這週又發生什麼事,妳必須休息。」媽媽命令。「星期六會很漫長,而妳又是眾人注目的焦點。」

「是,母親大人。」我看她撥弄著項鍊。「媽?如果妳沒有嫁給爸爸,妳有想過妳會做什麼嗎?例如,最後他選了另一個人的話?」

她搖搖頭。「他眞的差一點就這麼做了。妳知道南方叛軍入侵皇宮的事。」她嘸了嘸,停頓了一分鐘。雖然過了這麼久,她仍然難以啓齒。「那天,他可能會走上完全不一樣的路,這代表我的命運也會全盤改變。」

「但妳會沒事嗎?」

「最後還是會的。」她緩緩地說。「我覺得,我們不一定會過著痛苦的人生。只是可能不如現在一樣美好。」

「但是妳接下來不會悲慘一生?」

她凝視著我鏡中的面龐。「若妳在擔心拒絕候選人的事,妳不能這麼想。」

妮娜一邊工作,我一邊用雙手按著肚子,讓禮服貼緊身體。「我知道。只是到了這個節骨眼,我沒想到會如此難以抉擇。」

「一切會撥雲見日。相信我。不管妳做出什麼選擇,妳父親和我都會支持妳。」

「謝謝你們。」

「衣服已經弄好了。」妮娜說，她向後退，端詳自己的成果。「妳覺得滿意的話就可以脫下來了，我會請快遞送去給裁縫師奧蒙。」

媽媽小口咬著切好的蘋果。「我不懂，他爲什麼不乾脆讓妳縫一縫。他明明相信妳的手藝啊。」

她聳聳肩。「我只是照吩咐做而已。」

我們聽到門口傳來輕輕的敲門聲。「請進。」妮娜說，彷彿回到她以前的角色。我好希望她能替我安排我的一生。只要有她在身邊，一切感覺都輕鬆多了。

一個男侍進門鞠躬。「不好意思打擾了，公主殿下。有個紳士的西裝出了點問題。」

「誰的？」

「愛瑞克，殿下。」

「那個口譯？」媽媽問。

「是的，王后殿下。」

「我馬上來。」我說，跟著他走出門。

「妳不先脫掉禮服嗎？」妮娜問。

「這樣我可以順便練習穿著走。」

確實如此。衣服很重，下樓梯有點困難。我需要一雙更穩的高跟鞋。

我接近愛瑞克所在的房間，聽到他哀求對方重新考慮。「我並不是菁英候選人。這樣不太適當。」

我把門完全推開，發現他穿著一件西裝，側邊還有粉筆畫上的白線，縫邊上也還穿著珠針。

「公主殿下。」裁縫說，他馬上躬身行禮。

但愛瑞克卻愣愣站在原地，凝視著我，目光無法移開我的禮服。

「我們在西裝上無法取得共識，殿下。」裁縫比了比全是粉餅線的西裝。

愛瑞克重新回過神來。「我不想跟菁英候選人穿一樣的西裝，這樣會造成誤會。」

「但是你會在隊伍之中，現場會照好幾張照片。」裁縫師堅持。「統一最好。」

愛瑞克望向我，眼神充滿懇求。

我手指放到唇上，思忖片刻。「可以讓我們獨處一下嗎，謝謝？」

裁縫又躬身行禮，走出門，我走過去，站到愛瑞克面前。

「西裝看起來非常有型。」我露齒而笑說。

「是啦。」他承認。「我只是不確定適不適當。」

「什麼適不適當？好好帥一整天不適當嗎？」

「我不是菁英候選人。這樣會……造成誤會，讓我和他們站在一起，看起來跟他們一樣，我卻不能……我不是……」

我一手放上他胸口。「裁縫師說得對。到時候你會希望自己融入其中。一件不同顏色的西裝將會適得其反。」

他嘆了口氣。「可是我——」

「不如你領帶選不同的顏色？」我馬上提議。

「這是我唯一的選擇嗎？」

「對。而且，想想你母親看你穿這麼帥會有多開心。」

他翻白眼。「搬出我媽不公平啦。好啦，妳贏了。」

我雙手一拍。「看？沒有那麼難吧。」

「對妳來說當然容易。妳只要負責指揮就好。」

「我沒有指揮你的意思，眞的。」

他淘氣地笑了。「妳當然有。妳天生就是指揮的料。」

我分不出這是批評還是稱讚。「你覺得怎麼樣？」我張開手問。「我是指，你要想像少了那些珠針的樣子。」

他愣了愣。「妳看起來美得教人屏息，伊德琳。妳走進來的時候，我甚至忘了自己在堅持什麼。」

我差點臉紅。「我一直在想這樣會不會太招搖。」

「很完美。我看得出來跟妳平常的風格有點不同，但話說回來，妳平常的打扮也不是專爲加冕典禮設計。」

我轉過身，望著鏡子。那一句話讓一切變得更完美了。

「謝謝你。我可能想太多了。」

他站在我身旁。鏡中的我們好滑稽，我們穿著這輩子穿過最美麗的衣服，但上面卻滿是粉筆痕跡和珠針，看起來就像一對玩偶。「想太多似乎是妳的專長。」

我眉頭一皺，但點點頭。他說得對。

「我知道自己沒有資格告訴妳要怎麼做。」他說。「但妳想得越少，就會感覺事情掌控得越好。別想了，多相信自己的直覺，相信妳的心。」

「我害怕我的心。」我本來不會說出這句話，但這房間、這一刻莫名因爲他而改變，這裡變成我在世上唯一能吐露眞相的地方。

他彎身在我耳邊輕語：「沒有什麼好怕的。」他清了清喉嚨，然後轉身面對我們的倒影。「也許妳需要的是一點運氣。妳有注意到這個戒指嗎？」他伸出小指問。

我有看到過。我注意十幾次了。爲什麼一個不想引人注目、甚至不穿西裝的人會戴著飾品？

「這是我曾曾祖母的婚戒。編織是瑞典傳統設計。這在瑞典到處都看得到。」他把戒指脫下來，拿在兩指間。「這戒指經歷過戰爭到飢荒，甚至隨家族遷移到伊利亞，本來應該要給我娶的女孩。那是媽媽交代的。」

我漾起微笑，爲他的神采吸引。我心裡想著，不知道他家鄉有沒有人希望自己有朝一日能戴上這枚戒指。

「但這枚戒指似乎能帶來好運。」他繼續說。「我想妳現在用得上。」

他把戒指遞給我，但我搖搖頭。「這我不能收！這是傳家之寶。」

「對，但這是非常幸運的傳家之寶。好多人因爲這戒指找到了靈魂伴侶。而且我只是暫時借妳，一直到競選結束，或是到亨瑞和我離開爲止。看哪個先發生囉。」

我猶豫地將戒指戴到手上，卻意外發現它平平順順地就套進了我的手指。

「謝謝你，愛瑞克。」

我望向他藍色的眼睛。一秒之間，我聽到了那顆我不信任的心。我的心感受到他專注深邃的目光，皮膚散發的溫暖香氣……我的心放聲吶喊。

一時之間，我將後果拋到腦後，不管未來會有多複雜，也不知道他是否和我有著同樣的感覺，我身體情不自禁靠向他。當我發覺他沒有別開身子，我內心激動不已。我們靠得好近，我感受到他的呼吸拂過我的雙唇。

「你們取得共識了嗎？」裁縫師推門進來問。

我快速從愛瑞克身邊彈開。「好了。請幫我們把西裝完成，先生。」

我頭也不回快步衝到走廊。我的心跳如飛，立刻找了一間空的客房，鑽到裡頭，甩上門。

我早已察覺到這份感情不斷擴張，並躲在我的心底好一陣子。雖然他從來不願引人注意，我卻看到了眞實的他，而我愚昧、沒用、充滿瑕疵的心不斷低喚著他的名字。我緊揪著胸口，心臟撲通撲通跳得飛快。「喔，我這靠不住、危險的心。妳到底做了什麼？」

我之前一直在想，怎麼可能隨機挑出一群男孩子，就能神奇地從中找到自己的靈魂伴侶。

如今我再也無法懷疑。

20

接下來幾天都在準備加冕典禮中快速飛逝。我盡全力待在辦公室，並在房間用餐，即使如此，我還是沒辦法完全避開愛瑞克。

我們要到教堂綵排隊伍動線。因爲隊型必須對稱，愛瑞克也不得不待在隊伍之中。菁英候選人和我們要一路穿過主要活動室，愛瑞克會緊跟著亨瑞，解釋當天正式宴會如何移動。而且我必須確認每個人的西裝，雖然我順利迴避了他的眼神，但比我原本想的困難太多太多了。

加冕典禮是我人生中最重要的一刻，但我腦海中唯一想的卻是：和他親吻會是什麼感覺？

我來不及了。我這一生還從來沒有過什麼來不及的事。

但我的頭髮捲得不對，我手臂下的縫線裂了一道，雖然我在一週前就選了一雙好走的高跟鞋，但和禮服一起穿上後，我覺得超難看的。

艾若絲深呼吸，捲好我的頭髮，並替我戴上一個一般的頭冠檢查，確認一切看起來盡善盡美。妮娜這時正忙著確認所有人穿戴整齊就位，所以最後一刻拿著針線來救駕的是海耳，他來確認禮服上下不會出問題。

「謝謝你。」我吐了口氣。

他露出微笑。「我把所有地方都確認過一次，看來那裡是唯一綻線的地方。而且現在發現總比中途發現來得好。」

我點點頭。「我要今天一切完美。就這一次，我想看起來端莊隆重，但不要隆重到好像我討厭身邊所有的人事物。」

海耳大笑。「那沒問題啦，如果又裂開，就順其自然吧。」

艾若絲走去浴室拿東西，我抓住機會。「伊恩好嗎？」我低聲問。

「很好。他很驚訝。」他回答，開心得有點傻氣。「我們兩個都希望盡力幫助妳。妳給了我們未來，所以我們欠妳一次人情。」

「只要幫我安然度過今天就好，那就夠了。」

「一天一件事。」他提醒我。

我跳下站台，抱住他。「認識你眞好。」

「謝謝妳告訴我。」他也抱住我回答。「好了，我要去拿西裝外套下樓了。今天有需要我的地方儘管開口。」

我點點頭，艾若絲回來做最後修飾時，我試著放鬆。

「他是個好男孩。」她一邊說著，一邊噴最後幾下定型液。

「是啊。」

「不過我個人會選凱爾。」她咯咯笑著說。

「我就知道！」我朝她搖搖頭。「我還記著妳讓他偷溜進我的房間。」

她聳聳肩。「我最喜歡他。我就盡我所能囉！」

最後一切就序。我走下樓，披風低垂在我的手臂上。門廊擠滿了人。萊傑將軍站在一邊，他將露西小姐雙手拉近自己的雙唇親吻著，喬西和妮娜兩人雙雙穿著淡藍長禮服，等一下她們在走道替我拉裙襬時，畫面一定很美，接下來是五個菁英候選人，他們聚在角落，愛瑞克戴著灰藍色領帶，顏色比其他人稍微亮一些。

但在群眾之中，我的目光只停留在一個男生身上。下樓途中，我看到了亞倫。他回來了。

我衝過人群，擠過顧問和朋友，但我沒有投入亞倫懷中，反而抱住了卡蜜兒。

「他好嗎？」我在她耳邊問。

「Oui（法文：好），非常好。」

「你們的人民高興嗎？他們接受他嗎？」

「當他是土生土長的孩子一樣。」

我又抱得更緊一些。「謝謝妳。」

我抽開身子，轉身看向我的笨蛋弟弟。

「妳打扮得有模有樣喔。」他逗我。

我不知道我應該開個玩笑回應他、揍他手臂一拳，還是尖叫大笑什麼的。於是我緊緊抱住他。

「對不起。」他輕聲說。「我不該這麼離開。我不該留下妳一個人。」

我搖搖頭。「你是對的。但是我好想你，想念到心好痛，雖然你必須走。」

「一聽說媽媽的事，我就想回來。但我不知道那樣對事情有沒有幫助，而且因爲似乎全都是我的錯，我不知道我到底該不該出現。」

「別胡說八道。重要的是你現在回來了。」

他緊緊抱著我一分鐘，布麗絲女士安排大家上車。顧問們先上了車，緊接著是菁英候選人，他們所有人都深深向我鞠躬，愛瑞克尤其彎得更低。他避開我的目光，我心裡不禁鬆了口氣。如果他望向我，誰知道我這顆愚蠢的心會做出什麼事？

但他走開時，我的心確實融化了一點，他一直拉著西裝的袖子，似乎穿得非常不自在。

「好了，下一部車。」布麗絲女士喚著。「姓席理弗的所有人都上車，包括你，『法國親王』先生。」

「遵命，女士。」亞倫牽起卡蜜兒的手說。

「伊德琳先進去，接著是妮娜和喬西。最後全家人都一起上車，我會坐在你們後面的那輛車上。」

爸爸愣了一下。「布麗絲，妳應該跟我坐同一輛車。」

「對呀。」媽媽附和。「車裡還有空間，而且妳是主辦人。」

「我不知道這樣是否適當。」她回答。

妮娜歪著頭，幫布麗絲女士排除心中的疑慮。「十分鐘的車程可能會讓一切分崩離析喔。」

「而且，這就像不可能有人誤認我跟妮娜是姊妹一樣。」我補充。「快來跟我們一起坐吧！」

布麗絲噘著嘴，似乎覺得這主意不太恰當。「好好好，我們出發吧。」

我們依序坐上長禮車，我的龐大禮服占了三個人的位置。車裡充滿笑聲，而且每個人的腳一直互相踩到，一路上笑聲不斷。

我深吸一口氣。接下來，我唯一要做的就是說幾個字，答應我心中早已確定的事。我望向車子另一端的媽媽。她朝我眨個眼，而那就是此刻我唯一需要的。

喬西和妮娜跟著我走過教堂走道，她們拉著我的長披肩，以免下襬拖過地。我邊走邊看著手指上的傳家之戒，伊利亞的國徽在中央熠熠生輝。爸爸已將王位託付給我。他已認可我處理國事的方式。這只是讓一切順理成章的儀式。

我盡可能和眾人四目交會，希望傳達出我的感激。到了教堂前方，我跪在平穩的小凳上，感到沉重的禮服呈扇形平鋪在身後。主教拿起加冕王冠，舉到我頭上方。

「妳，伊德琳．席理弗，願意於此宣誓嗎？」

「我願意。」

「妳是否願意宣誓奉獻妳的一生，守護伊利亞的法律和榮耀，並依據世代相傳的傳統，統治人民？」

「我願意。」

「妳是否願意宣誓不論身在國內外何地何處，都會全力守衛伊利亞全國的福祉？」

「我願意。」

「妳是否願意宣誓以妳所有的權力和地位，仁慈且正義地對待伊利亞的人民？」

「我願意。」

很合理，向國家宣誓，必須回答四個問題；但宣誓長相廝守，只要回答一個問題。我說完最後一個字，主教將王冠放到我頭上。我起身，轉身面對我的人民，我的長披肩有如一隻高貴優雅的貓一般蜷在我的雙腳上。主教將象徵伊理亞王國最高權力的權杖與寶球分別放入我左右手。

長長的儀杖猛力撞擊地面，清脆的聲響帶動我四周的人們大聲喊著：「天佑女王！天佑女王！」

我胸中情感激動沸騰，心裡知道他們指的正是我。

21

「歐斯頓，老天啊，快站好。」媽媽命令他。

「可是好熱喔。」他抱怨著，我們這時正要開始所謂的拍照馬拉松。

爸爸繞過我。「拍照五分鐘而已，你可以忍得住的，兒子。」

亞倫大笑。「喔，我好懷念你們。」

我重重拍他一下。「我眞慶幸沒有人把這段錄下來。」

「好了，好了。我們全準備好了。」爸爸向攝影師大喊。他和媽媽站在我身旁，手臂放在我的椅背上。歐斯頓和亞倫蹲跪在我的兩邊，卡登站著，一手背在背後，簡直像是挑戰著我，要跟我比一比誰更有帝王相。

攝影師一直照，照到滿意爲止。「接下來換誰？」

我們全待在原位，並把卡蜜兒拉進來，這樣我們就能拍全家福照，接著每個菁英候選人都各自加入拍了一張。

然後我們跟萊傑家拍照，還有顧問團每一個人，包括布麗絲女士，她不照傳統慣例擺出僵硬的姿勢，反而過來緊緊摟住我。「我好驕傲！」她一直說。「眞的眞的好驕傲喔！」當然，我們後來也和伍德渥克全家拍照。

喬西全速走上前來，讓自己站到正中心。我搖搖頭，瑪琳小姐大大擁抱我。

「我好替妳高興，親愛的。妳怎麼這麼快就長大了。」

我大笑。「謝謝妳，瑪琳小姐。我很高興你們今天全都能來。」

伍德渥克先生微笑。「我們才不會錯過呢。恭喜。」

瑪琳小姐仍握著我的手。「這幾個月裡，看妳登基，又看妳和凱爾變得這麼親近，眞的太好了。」

我露出微笑。「老實說，我現在眞的很難想像我們不當朋友的樣子。我不敢相信我們過了這麼久才願意好好認識彼此。」

「命運造化弄人。」瑪琳小姐回答。「可惜妳和喬西幾乎沒有機會相處。」

「什麼？」她說。哪怕是在另一塊大陸上用摩斯密碼敲出喬西的名字，她一定也會馬上聽到。

「妳們多相處一點也許會是好事。」瑪琳小姐望著我們兩人，散發著喜悅。

「對！我們應該多相處！」喬西尖叫。

「我很樂意。」我說謊。「但我現在是女王了，恐怕空閒時間會變得非常有限。」

媽媽站在朋友身後，會心一笑。我看得出來，她一眼看穿我的盤算。

瑪琳小姐皺眉。「確實如此。喔，我知道了！不如妳讓喬西當妳的跟班幾天？她對公主的生活總是抱持很大的興趣。而她現在會看到女王的生活呢！」

「那。眞是。太棒了！」喬西抓住我的手，我沒有甩開她的手，眞該誇獎自己。大家都在等著我回答，再加上母親充滿警告的眼神，不管我是不是女王，最好都別令她最親密的朋友失望，我別無選擇。

「當然了。喬西可以待在我身邊。那樣的話眞是……太好了。」

喬西手舞足蹈回到原位，我望向凱爾，他看我再次陷入全新的窘境，努力憋著笑。看他這麼樂，我也不禁泛起了笑意，至少現在可以確定照片中的我不會擺著一張臭臉。

最後，終於到了和菁英候選人一對一拍照的時間。我穿著加冕禮服，他們一一輪流站上前來。

法克斯是第一個，他穿著深灰色的西裝，看起來很有型。「好，我們要怎麼做？」他問。「剛才在家族照片中，我手放兩側，現在我覺得我應該……我不知道，握住妳的手之類的。」

攝影師大喊：「對，那樣不錯。」法克斯握住我的手。他站近了點，我們微笑，相機喀嚓喀嚓響個不停。

伊恩晃過來，看起來滿開心的。「美呆了，伊德琳。眞的美呆了。」

「謝謝。你看起來也不差。」

「確實。」他淘氣地笑著。「確實如此。」

他站到我的身後。「我還沒有機會謝謝妳。謝謝妳網開一面，並且如此細心周到。」

「我和你對話總是不多。但我知道你十分感激。」

「我本來已經準備面對滿是失望的一生。」他承認，語氣是我聽過最接近緊張的一次。

「但想到人生竟有其他可能，感覺好不眞實。我不大確定該如何向前。」

「好好活著就好。」

伊恩朝我笑了笑，親親我的額頭，走到一旁。

接下來換凱爾，他快速走過來，手一勾，把我公主抱起轉一圈，害我嚇得尖叫。

「把我放下來！」

「爲什麼？因爲妳是女王？這個理由不夠喔。」

他終於停下來，面對鏡頭，我知道我們兩個都像傻瓜一樣咧嘴笑著。這組照片的畫面氣氛完全不一樣。

「我差點踩到披風害死自己。」他說。「時尚太致命了。」

「這你可別跟海耳說。」我說。

「對我說什麼？」他們交換位子時海耳說。

「時尚能殺死人。」凱爾邊走邊拉平襯衫。

「她的可以。妳看起來好美。」他擁抱我說。

「眞的很謝謝你，早上你幫了大忙。每個縫線都很牢固。」

「當然了。妳懷疑我的手藝嗎？」他逗我。

「絕對不會。」

我站開，照了幾張正面的照片，但我等不及看我們相擁的照片。最後換亨瑞，光是他的燦爛笑容就足以讓這漫長的一天變得愉快、輕盈許多。他停在離我幾步的地方，深吸一口氣。

「妳看起來非常美麗。我爲妳很高興。」

我手不禁掩到嘴前，心裡充滿感動。「亨瑞。謝謝你！眞的謝謝你！」

他聳聳肩。「我在努力。」

「你學得眞的很好。眞的。」

他點點頭，走到我身旁，溫柔地把我轉個方向。然後他繞到我身後，將披風鋪展開來，最後他走到另一邊，手放上我的腰際，驕傲地站到我側後方。

顯然他花了不少心思去想他在這張照片中的樣子，這點我很欣賞。攝影師拍完時，亨瑞正要走開，忽然停了下來。

「嗯，entä愛瑞克？」他說著指向愛瑞克。

凱爾聽了全力贊成。「對，愛瑞克也一起經歷這一切。他一定要照相。」

愛瑞克只搖搖頭。「不，我還好。沒關係。」

「去吧，嘿，只是一張照片而已。」凱爾稍微推他一把，但他動也不動。

我有點莫名驚恐，擔心如果他再靠近的話，大家會聽到我狂跳的脈膊喊出他的名字。我最近已經努力躲著他，但現在要壓抑投入他懷抱的衝動又更難了。

我輕輕走向他。他發現我走過來時，抬起頭，目光和我交會的那一瞬間，我只覺得現場的一切都活了起來，陽光彷彿帶著旋律，每次有人移動，我的指尖都能感受到一聲聲腳步的質感。

我望著他，世界有如從沉睡中甦醒。

我停在愛瑞克面前，感覺天旋地轉，心中卻暗自希望沒人看出我的慌張迷茫。「我這不是命令。我是請求你跟我拍照。」

他嘆了口氣。「這樣要拒絕又難上千百倍了。」他微笑，伸出手放入我的掌心，但我還來不及拉他到台上，他便低頭看看自己。典禮一結束，他就脫下了西裝外套，現在身上只穿著背心和領帶。「我穿得太隨便了。」他感嘆。

我發出嘆息，解開了披風的鈕釦。我脫下之後，海耳趕忙小心翼翼上前接過去。「這樣有幫助嗎？」

「沒有。」他嘶了嘶。「但如果妳真的想拍……」

「我想啊。」我歪著頭，調皮地眨了眨眼。

他大笑，顯然發現他拗不過我。「我要怎麼做？」

「好。」我咧嘴一笑，走近了點。「這隻手放這裡。」我邊說邊將他一隻手放上我的腰際。「然後這隻手放這裡。」我將他另一隻手放到我肩膀上。我一手放在他胸膛，另一手搭到他的手臂上，我們相視而站，若有似無地擁抱著彼此。「現在朝鏡頭微笑。」

「好。」他說。

我手放在他胸膛，感覺他心跳怦怦怦地跳得好快、好用力。「冷靜點。」我靜靜地說。「假裝只有我們兩個人。」

「我辦不到。」

「那……我不知道，說些芬蘭話。」

他咯咯自己笑了笑，輕聲說：「Vain koska pyysit, hauska nainen（一切都是爲了妳，好女孩）。」雖然我聽不懂他喃喃說的話，但我知道我永遠都忘不了他的語氣。我不用抬頭就聽得出他的笑意，我也因此笑得更燦爛。我必須提醒自己呼吸，因爲我一直忙著留意他的一舉一動。我心裡知道這些話很重要，但我卻一個字也聽不懂。

「這張不錯。」攝影師說，愛瑞克一聽，雙手馬上放了下來。

「看吧？沒那麼糟吧？」我問。

「我原本眞的以爲會非常非常不容易。」他強調，說話的語氣有點好笑，好像怕我聽不出弦外之音。

我又聽到了，我那傻瓜一樣的心**撲通撲通地**響起。我吞了口口水，不理會我的心，轉向走廊響起的腳步聲。

「馬里德。」我大聲打招呼。

「對不起打擾了，但我實在忍不住。我有這個榮幸能跟我的新女王照張正式的照片嗎？」馬里德問。

「當然沒問題。」我伸出一隻手，他走過來，開心地牽起我。

「全國沸沸揚揚。」他跟我說。「我不知道妳今天有沒有看新聞，但報導都很正面。」

「我還沒時間好好瞄一眼。」我承認。他深情地握住我的雙手，臉轉向鏡頭。

「不需要。妳身邊隨時有人任妳差遣，他們晚一點會來向妳報告。我只是很高興自己能第一個跟妳說，妳登基之日非常順利。」

他緊緊握了握我的手，我嘆了口氣，心裡想著也許一切終於回到正軌。

22

我喝著香檳，大聲嬉笑，吃了大概有我半個人重的巧克力。這幾個小時，我要大肆享受我一直視之為理所當然的奢靡生活。明天我會喝白開水，讓頭腦保持清醒。明天我再擔心要怎麼治理國家。明天我再擔心選丈夫的事。

但今晚？今晚我要沉浸在這完美、閃閃發光的一刻。

「再跳一支舞？」亞倫問，我正好在喝我發誓是最後一杯的酒。「我要趕飛機，但我想好好道別。」

我起身，牽住他的手。「不管是什麼道別我都要好好收下。再怎麼樣都比上次好。」

「我還是很抱歉，但妳知道我上次為何不告而別。」

我們擺好姿勢，他開始帶著我在舞池之中旋轉。「我知道。但那並沒有讓我好過一點。再加上那時發生好多事，你不在這裡，日子變得好難熬。」

「對不起。但妳做得非常好，比妳想得更好，我敢保證。」

「我們等著瞧。我還必須建立好我的政府，確定爸媽生活慢下來，還得找個人來娶我。」

他聳聳肩。「所以基本上都沒什麼嘛。」

「簡直就像放假一樣。」

他咯咯笑了。喔，我好想念這個聲音。「我的信寫得太狠的話，我道歉。爸媽想保護妳，但我怕妳不知道自己的位置，反而會害妳摔得更慘。」

「那封信的確不好消化，但信中的話一次次浮現在我腦海。我真的早該發覺了。要是我沒有那麼自我中心——」

「妳想保護自己。」他馬上接口打斷我。「妳現在做的事，這國家從來不曾有人做過。妳當然會設法讓事情容易一點。」

我搖搖頭。「爸爸筋疲力盡。媽媽一刻也不願鬆懈。你深深墜入愛河，我卻想說服你放棄。有個詞可以形容我，但我是個斯文的淑女，我說不出口。」

他放聲大笑，我看到好多雙眼睛都望了過來，反應最明顯的是卡蜜兒。我好希望自己能對她生氣，這女孩做到了所有我想達成的事，甚至做得比我好上十倍，而且她奪走了我的雙胞胎弟弟。但看到我們團聚，她顯然十分高興。

我仍不了解她怎麼能如此輕易地掌控一切，她怎能不費吹灰之力，同時維持領導者和女孩的角色。雖然今天如此完美，但我擔心好景不常。

「嘿。」他注意到我眼中的憂慮，說：「不會有事的。妳一定能撐過這一切。」

我鎮靜下來，恢復神色，找回剛才還流在我血脈中的魔法。我現在是新女王，今天我還難過的話，實在說不過去。「我知道。我只是不確定要怎麼做。」

音樂停下，亞倫深深鞠躬。「妳新年一定要來巴黎。」

「我們的生日你一定要回來。」我堅持。

「那妳蜜月要辦在法國。」

「除非你回來參加婚禮。」

他伸出手。「就這麼說定了。」

我們握手約定，我親愛的雙胞胎弟弟將我拉近，擁抱我。「我懊悔了好幾天，覺得妳永遠不會原諒我離去。可是妳完全沒生氣，讓我這次的離開又變得更難了。」

「你一定要打電話來。不只打給爸媽，要打給我。」

「我會的。」

「我愛你，亞倫。」

「我愛妳，女王陛下。」

我大笑，我們兩人都擦拭著眼睛。

「說到婚禮，」他開口。「妳覺得新郎會是誰？」

我們望向全場。菁英候選人都穿著俐落的西裝、打著領帶，一點都不難找，他們和在場的貴族一樣英俊體面。我觀察他們一整晚，將他們的舉止納入考量。

凱爾從容優雅地和年輕貴賓相談甚歡，法克斯握了好多人的手，我有一次偷看到他在按摩手腕。雖然伊恩和海耳已不在候選人之列，我仍偷聽到他們兩人向媒體大大稱讚我的個性，完全超出我的預期。還有亨瑞。他盡力而為，愛瑞克在他身旁協助他與人交談，但我觀察他從座位望著來賓的樣子，顯然還是難以融入其中。

「我已經來來回回思索了一陣子。我還是不確定究竟誰才是正確的選擇。我只是想盡力讓所有人滿意。」

「包括妳自己？」

我露出微笑，無法回答。

「如果要說我離家證明了什麼，」他嚴肅地說。「那就是妳必須不計代價和妳自己所愛的人在一起。」

愛。就像衣服一樣，適合每一對伴侶的愛都不盡相同。我仍不知道這個字對我來說是什麼意思，但我感覺再過不久，我的愛將被完美詮釋，然而我唯一必須弄清楚的是，我對於那個定義滿不滿意。

「我告訴妳，小伊，戰爭、條款，甚至國家全都會隨時間更迭。但妳的生命是妳自己的，唯一且神聖，而妳該嫁的人，他應該每一分每一秒都讓妳這麼確信。」

我低下頭，望著我的禮服，感受著頭上王冠的重量。是的，我的人生唯一且神聖，但從我一出生開始（只比他早七分鐘），我的人生屬於所有人，卻不包括我自己。

「謝謝你，亞倫。我會記得這點。」

「請務必好好記著。」

我把手放上他的肩膀。「去找你的妻子。回家小心，你平安落地後跟我說，好嗎？」

他伸出手拉起我的手到嘴邊，親了一下。「拜，伊德琳。」

「拜。」

雖然我累了，我知道現在還不能溜走。**最後一圈**，我告訴自己。我會和眾人握手，接受兩、三個採訪，然後從側門溜走躲起來。

好多笑容和擁抱，好多祝福，大家都保證不久會聯絡。和大家接觸爲我注入不少能量，但同時也瞬間消耗掉好多力氣。我繞過轉角，伊恩在與幾個抽中受邀來出席加冕典禮的人聊天，另一首華爾滋響起。

「喔，跳一支舞吧！」一個年輕的女孩央求。我以爲她想要和伊恩共舞，但她把他推過來，他欣然藉機帶著我走向舞池。

轉了幾圈之後，我忍不住問：「你喜歡海耳多久了？」

他露出微笑。「從我們準備見妳那時起。他看起來好快樂，快樂到好像卡通人物一樣。很可愛。」

「確實很可愛。」我附和。

「對不起我騙了妳。我原本打算把這秘密帶到墳墓裡。」

「現在呢？」

他聳聳肩。「我不確定了。海耳那傢伙非常堅持要面對眞實的自己，所以我至少不會再想找妳或某人來當自己的煙霧彈。那麼做對大家都不公平。」

「有時候，很難公平對待自己，對不對？」

他點點頭。「但我不會拿我們兩人的情況來比較。因爲最後，沒有人會在乎我，而所有人都會在乎妳。」

「別傻了。我在乎你。我在乎第一天介紹自己就跩到天上去的勢利鬼。」他回想到那一刻也放聲大笑。他有些虛假的部分已經消失。不是完全看不出來，但我明白卸下心防有多不容易。「而且，我也在乎現在我面前這個緊張卻又溫柔的傢伙。」

伊恩不是愛哭的那種人。他沒有嚥口水、眨眼或表露出任何跡象，但我感覺到他這輩子最接近流淚的一刻就是現在。

「很高興能見到妳成爲女王。謝謝妳，女王陛下。謝謝妳爲我做的一切。」

「別客氣。」

歌曲漸漸歇止，我們向彼此行禮。

「我早上離開方便嗎？」他問。「我想花點時間和我家人相處。」

「當然。再聯絡。」

他點點頭，越過人群，準備開啓他的新人生。

我辦到了。我撐過了今天，沒有做出什麼丟臉的事，沒有人抗議，而且我仍好好站著。結束了，我可以逃到我房間平靜地休息。

正當我準備走向側門，我看到馬里德在鏡頭前接受採訪。他望向我，像煙火一樣綻放笑容，他朝我招手，要我一起加入。雖然我全身上下都想去休息，但他的笑容好迷人，我情不自禁走到他身旁。

23

「她來了，我們的女主角。」他摟住我說，訪問人咯咯笑了。

「女王陛下，妳感覺怎麼樣？」她將麥克風拿到我面前問。

「我可以說『累』嗎？」我開玩笑。「沒有啦，今天非常不可思議，我們國家最近發生這麼多令人沮喪的事，我眞心希望今天能鼓舞所有人的士氣。終於能爲人民服務，我感到非常興奮。多虧參與親王競選的每一個完美的年輕男士，還有我的朋友，例如在場的伊利亞先生，我才能更了解我的人民。我希望我們能找個好方法，有效地聆聽和實踐人民的期望。」

「妳能稍微提示我們妳打算怎麼做嗎？」她熱切地問。

「我對座談會有些想法，當然座談會這個點子，全都要歸功於馬里德。」我比著他說。

「我覺得，雖然座談會一開始不是那麼順利，但最後讓我獲得相當多資訊。最近，伍德渥克先生其實也有個有趣的提議，如果他的想法眞能實現，未來人民將更容易覲見皇室。我目前還不能多說，但他的構想確實令人耳目一新。」

「說到提議。」她興奮地說。「提『親』有沒有譜了呢？」

我大笑。「讓我先撐過成爲女王的第一週，我再回來專心約會吧。」

「說的也是。你呢，先生？對我們的新女王有什麼建議嗎？」

我轉向馬里德，他聳聳肩，探過頭來。「我只祝福她生涯一帆風順，並順利結束競選。不論誰贏得她的芳心，那傢伙都是世上最幸運的男人。」

馬里德嚥了嚥口水，彷彿再也無法和訪問人的目光交會。

她由衷地點點頭。「這是一定的。」

我抓住馬里德的手臂，拉著他轉過身，走到沒有人聽得到我們說話的地方。「你這段時間熱心幫助我很多事情，我不想冒犯你，但你那樣子不恰當。」

「哪個樣子？」他問。

「表現得像是如果沒有這場競選的話，你跟我之間就能發展什麼情愫。這是我第三次聽到你影射類似的事情，但我們中間根本好幾年沒見面。我有義務，也很榮幸能嫁給我其中一個候選人。我和你明明一點感覺都沒有，你還演得好像很受傷，這我不能接受。你必須馬上停止這種行爲。」

「爲什麼？」他油嘴滑舌地說。

「你說什麼？」

「如果你們家族稍微了解人民的話，你們現在就會發現，對於大眾而言，我的影響力相當大。他們很愛我。妳該看看我天天收到的粉絲愛慕信。這個國家並不是所有人都覺得席理弗家族是正統。」

我愣住，心中一陣慌亂，害怕他說的有幾分是事實。

「妳欠我不少人情，伊德琳。我讓妳在報紙上的形象變好，在訪問中說妳的好話，而且我拯救了座談會。是我，不是妳。」

「我原本——」

「不，妳辦不到。這就是問題所在。妳不可能獨自一人治理國家。那幾乎是不可能的事，這就是爲什麼結婚是個好的主意。只是人選上，妳找錯了方向。」

我驚愕得說不出話來。

「而且，我們老實說，如果這些男生這麼迷戀妳，這一刻，他們不是該簇擁在妳身邊嗎？以旁觀者來看，他們像是對妳根本漠不關心。」

我的震驚化爲錐心刺骨的痛。我望向四周。他說得對。菁英候選人絲毫沒注意到我的存在。

「反之，如果妳和我在一起，伊利亞和席理弗家族的政權將完全穩固。妳成爲我妻子的話，沒有人會質疑妳的正統。」

四周一陣天旋地轉，我努力鎮定下來，他繼續說。「妳儘管去做民調吧，但就民眾的喜好而言，我的支持度是妳的兩倍。我能在一夕之間，讓妳從尙可接受的角色，變成人人愛戴的女王。」

「馬里德。」我說，我恨自己此時的語氣聽起來如此脆弱。「不可能。」

「其實有可能。妳可以宣布結束這場競選，不然我也可以製造妳我之間的緋聞，直到沒有人想要關注這場競選。不過等到那時候，妳在人民心中會變得比現在更無情冷酷。」

我挺直身子。「我會毀了你。」我發誓。

「試試看啊。看人民翻臉有多快。」他親了我的臉頰。「妳有我的電話。」

馬里德走開，從容地和經過的人握手，彷彿自己已是皇室成員。趁所有人的目光都跟著他，我靜靜退出了大廳。

我是個傻子。我一直以爲海耳在乎我，伊恩一直支持我，但我根本大錯特錯。我笨到相信波克、傑克和貝登。我甚至一直以爲馬里德是來幫我，結果他只是想讓自己登上王位。我的直覺從頭到尾都錯得離譜，突然之間，彷彿我身邊所有人都虛假不已。

我也看錯其他人了嗎？我誤信了妮娜和布麗絲女士嗎？我以爲凱爾是我的朋友，難道不是嗎？我能相信我內心的感覺，或我對任何人的想法嗎？

我靠在牆上，淚水快奪眶而出。我是女王。沒有人比我擁有更大的權力，但我從來不曾感到如此無助。

門打開，我還來不及逃開，愛瑞克的頭便探了出來。

「女王陛下，對不起。我只是在躲人群。裡面對我來說有點喘不過氣。」

我沒有回答。

「看來對妳來說也是。」他小心地補了一句。

我垂頭望著地。

「女王陛下？」他走出來，關上門，輕聲低語。「有什麼我能幫忙的嗎？」

我望向那藍得不可思議的雙眼，將一切擔憂都拋到了腦後。我的心說著：**一起逃走吧**。於是我抓起他的手，轉身跑了起來。

我飛奔過走廊，回頭確認沒有人跟來。

如我所願，仕女房空無一人。我沒開燈，牽著他來到窗前，至少月光能幫我照亮四周。

「我已經夠傻了，但不論我是不是又誤會了什麼，能不能拜託你回答我一個問題？而且你一定要對我坦誠。我允許你傷害我的感情，但我一定要知道答案。」

過了許久，他才點點頭，但他的表情告訴我，他十分害怕我要問出的問題。

「你是否有可能對我擁有同樣的感覺？如果你心裡曾經感到任何一絲絲悸動，我必須知道。」

愛瑞克吐出一口氣，似乎又震驚又難過。「女王陛下，我——」

「不！」我說著將王冠從頭上抓下，扔到房間另一頭。「我不是女王陛下。我是伊德琳。只是伊德琳而已。」

他漾起微笑。

「妳一直都只是伊德琳，而妳一直是女王。妳對所有人來說就是一切。對我而言，更是一切的一切。」

我把手放上他的胸膛，感覺他的心跳和我一致。他彷彿忽然察覺我這一刻多麼絕望。他默默捧起我的臉頰，彎身親吻了我。

我們在一起的每一刻在我腦中迅速飛掠。

我想起，我們第一次見面時，他那笨拙的站姿，遊行開始前，我還叫他不要咬指甲；我想起，廚房眾人大打出手時他保護了我；我想起，所有人在醫院廂房外垂頭祈禱時，我的目光是怎麼一次又一次飄向他。

最令我驚訝的是，那次在仕女房，卡蜜兒問我腦中一直想著誰的時候，我有多麼努力阻止自己當場吐露出他的名字。

這一切，每一段神奇、禁忌的時光，隨著我們危險、叛國的一吻燃燒我的全身。我們終於分開時，我淚水盈眶，心中悲痛欲絕，相比之下亞倫的離開和害怕失去母親的悲傷彷彿根本不算什麼。

他搖搖頭，手仍緊緊抓著我。「第一次墜入愛河，偏偏就是跟活在另一個世界的人。」

我手指深陷他的襯衫和背心之中，恨不得能永遠抓得牢牢的。「這是我人生第一次無法得到我眞心想要的東西。爲什麼剛好就是你，太殘忍了。」

他嚥了嚥口水。「眞的不可能？」

我表情難過。我不想說出口。「恐怕如此。理由很多，我現在一時也不知從何說起，但是情況對我來說是越來越複雜了。」

「妳不需要跟我解釋什麼。我早已心裡有數。我錯了，我根本不該懷有任何一絲希望。就這樣吧。」

「對不起。」我目光低垂，輕聲說。「如果我能取消競選，我一定會這麼做。但我已經做了那麼多自私、愚昧的決定，我不容許自己再犯另一個錯誤。」

他用另一隻手溫柔地抬起我的下巴。「我不准妳這樣罵我深愛的女人。」

我的笑容好虛弱。「我對你好不公平。我一直胡思亂想，心中的感覺一點一滴侵蝕著我，也許我最好從來不曾認識你。」

「不。」他說。面對我們注定分開的命運，他反而在其中找到了一絲安慰。「愛妳所愛的人一點都不可恥，做出正確的決定更是無比光榮。可惜在我們身上，這兩點並沒有重疊，但是這不會削弱這一刻對我的意義。」

「我也是。」

他極為溫柔地握著我的手，似乎仍不敢相信自己能鼓起勇氣。

「我要回去了。」他說。「我不喜歡造成流言蜚語。」

我發出一聲嘆息。

「你說得對。」但我仍然不肯放手。我緊緊靠著他。「我還沒訂婚。」我輕聲細語。「你明天晚上願意見我嗎？」

他的表情寫得一清二楚，這時他腦中瞬間湧上千頭萬緒。後來，他顯然不願再多想，乾脆豁出去，點頭答應。

「我會再通知你。現在去吧，我過幾分鐘再出去。」

24

「早安，女王陛下。」我走進辦公室，布麗絲女士向我打招呼。通常我星期天可以賴床，但再怎麼樣，我都不能讓自己當上女王第一天在床上度過，尤其是在昨晚那樣結束之後。

我嘆口氣，厭倦又興奮。「我昨天已經聽了好幾百萬次，但還是覺得怪怪的。」

「妳有好幾十年可以用來適應。」她笑答。

「說到這個，我需要跟妳談談競選的事，還有關於我的統治權，很意外地出了點亂子。」

「亂子？」

「妳可以告訴我一件事嗎？馬里德有多受歡迎？」

布麗絲女士吹了個口哨。「他最近幾年打響了名聲。他經常上廣播接受訪問，他很英俊，又出身名門世家，近期紙本媒體也有不少他的報導。他有許多聽眾。幸好他及時出來幫忙。怎麼了嗎？」

我還沒解釋昨晚發生的事，便聽到身後的門打開了，喬西衝進門。

「嘿！希望我沒遲到！」她歡呼。

待更久。」

我沮喪地閉上眼。我完全忘記她從今天起要當我的跟班。

「我能爲妳做什麼嗎？」布麗絲女士問。

「喔，我是來這裡幫妳的。」她宣布。「我今天是伊德琳的小跟班。順利的話，也許可以待更久。」

「是瑪琳小姐昨天在拍家庭照時提議的。」我馬上說。

布麗絲女士點點頭，就在此時，妮娜也進了辦公室。雖然我不放心在喬西面前說出實情，但我似乎別無選擇。

「好。」我緩緩開口。「我們有個問題。問題就是馬里德．伊利亞。」

「眞的？」妮娜問。「目前看來他幫了不少忙。」

「對，他希望表面看來如此。但是他眞正的目標一直是奪取王位。」我頓了一頓，感覺自己眞像個傻子。「昨晚他暗示媒體我跟他不只是朋友，於是我拉他到一旁談談，他表明他打算繼續這麼做，直到大眾要求我嫁給他。」

布麗絲女士雙手放到頭上。「我就知道他會毀了這一切。我就知道。我們早該澄清傳言。」

我搖搖頭。「這不是妳的錯。妳很早之前就提醒過我，是我沒有把握機會去澄清。我只是從沒想過他會設法鑽進皇宮，並且計畫寄生在這裡。」

「太狡猾了。」布麗絲女士說，她雙手握拳。「他的父母分明對皇室大加抨擊。他不過是抓到時機，公開說幾次話，居然就能一副表裡無害地混進皇宮。」

「沒錯。而且我……我很害怕。如果他動搖人心，讓大家相信他該成爲親王，他們就會起而反對現在的皇室。起義的風潮已醞釀好一陣子，現在我當上了女王，那些只願容忍父親的人此時就有理由出手了。但如果我們妥協，他到了這裡……如果他爲了接近我就能如此輕易地說謊，那……」

「他發現他不需要妳之後，他會怎麼做？」布麗絲女士沉重地說。

我已經想過好幾十個不同的情境。他可能會說我在樓梯上滑倒、洗澡時睡著了，或者辛格家遺傳性心臟病也找上了我。我不希望替馬里德扣上邪惡的帽子，但我了解他追求的是權力，對我這個人根本毫不在乎。

我也知道，很可能是我被害妄想症發作，才會這麼想。但過去幾個月中，有好多事我都應該要更小心，早該積極出聲或有所動作，而我卻渾然不覺。我不能再天真地以爲船到橋頭自然直了。

「那我們必須讓他閉嘴。我們該怎麼做？」妮娜問。

「爲什麼妳們必須做什麼事情？」喬西問。我們全轉過去，她看到我們的眼神，笑容消失。「我是說，妳是女王，妳想要的話可以直接處死他。就好比他犯下叛國罪，對吧？」

「如果他表現得像叛國賊的話，可以。但現在他看起來像是愛上了我，我卻決定吊死他，這樣我看起來是什麼樣子？」

她瞇起眼，思考片刻。「很不好。」

「簡直糟透了。而且人民對我的認同簡直是岌岌可危。我不能處死他。我覺得自己現在甚至不能公開表示對他沒有意思，我好像怎麼做都會引起反彈。」

「那該怎麼辦？」布麗絲女士問。

「這件事不能傳出這房間。大家明白嗎？」我盯著喬西，希望她了解保密的重要性。「首先，我們要忽視馬里德。他不能進皇宮，如果他打電話來，也不准任何人跟他說話。他從現在起完全不能和我接觸。我們不能給記者任何機會借題發揮。」

「我同意。」布麗絲女士說。

「其次，我已經計畫好接下來幾週的競選進度。伊恩今早回家了。我們昨晚聊過，他準備好要走了。下週一到，海耳也會離開。」

妮娜皺起眉頭。「我好捨不得海耳。」

「我也是。但我們講好了，所以我可以向妳保證，我們雙方沒有芥蒂。」

「這樣事情簡單多了。」她承認。「可是等一下。一剩下前三名，妳不是必須在四天內選出親王嗎？」

「對。要鬥贏馬里德，唯一的辦法就是盡快選出我的結婚對象。不管我到底有沒有熱戀，一定要看起來和我父母一樣幸福。可以的話，最好更美滿。」我深吸一口氣。「所以海耳走了之後，我們會等個幾天，然後淘汰法克斯。他人很好，但我們真的沒有感覺。這樣最後只剩凱爾和亨瑞，因此大概兩週內，我打算在直播上宣布我的未婚夫。」

「兩週！」妮娜抽了一口氣。「伊德琳！」

「我需要妳們幫我處理接受度的問題。」我繼續說。「我看過最近的人氣調查，海耳和凱爾已經領先一段時間。我會設法表現出淘汰海耳是不得已的決定，讓人民感到滿意，但我們必須爲亨瑞製造話題。例如他爲療養院做蛋糕，或他家族其實是史汪登威貴族的後裔之類的。就算內容有點誇大不實也沒關係。必須說服大家，他就是那最後兩個人選之一。」

一時間，沒有人說話。

「妳眞的愛凱爾嗎？」喬西問。這次，她的表情終於不再那麼茫然，我在她眼中看到眞誠、深深的擔憂。

我腦中出現愛瑞克，想到他向我保證一切都值得，想到他從一開始就對我多好，想到他親吻了我。

甚至想到他不久就要離去。

「我很樂意跟凱爾在一起。」

當然，在我之前的領導者一定曾做出更大的犧牲，但布麗絲女士、妮娜和喬西的表情全都看起來像是我正在一步步走向死亡。

「妳們到底要不要幫我？」我急切地問。

「我看看我能從亨瑞身上挖出什麼。」布麗絲女士說。「我喜歡先從事實開始。」

「我也這麼想。而且我有信心妳一定能在他身上找到什麼。他眞的很溫柔貼心。」

「眞的。」妮娜附和。「凱爾也是。選他不算差。」

是啊，我心想，但我明明有更想要在一起的人。

「盡妳們全力爲這件事做準備。我今天接下來要在房間工作。喬西？」她嚇得回過神。

「妳明天還要再來，還是妳覺得已經夠了？」

「太多了。」她吞了吞口水說。

「一個字都不准傳出去，懂嗎？」

她點點頭，但我幾乎不敢正視她。和其他人相比，她看起來好爲我感到難過，我無法忍受她可憐我。但當我望向妮娜和布麗絲女士，她們的表情也沒好到哪裡去。

我盡力抬頭挺胸，走出辦公室，提醒自己無論如何，我依然是女王。

25

「這裡是哪裡？」愛瑞克問。我盡我所能將裡頭安排舒適，白天先偷偷拿了一籃蠟燭和一塊毯子進來，等大家去吃晚餐時，我又偷了一籃食物。

愛瑞克說他生病了，我說我有工作要做，我們約在二樓不顯眼的地方碰面。安全密室的捷徑位於母親舊臥室旁，那是她競選時的房間，有時她會在那裡緬懷過去，彷彿整座皇宮中，那裡是最能令她平靜的所在。

「那時叛軍是危險的威脅，皇室經常逃下來這裡躲避。」我們邊穿過通道，我邊跟愛瑞克解釋。「但這地方已經整整十年沒有人用了。現在我覺得這裡也許是皇宮最隱密的所在了。」

「換句話說，沒有人會找到我們。」愛瑞克笑著回答。

「我們不希望的話，就沒有人會發現。」

他深吸一口氣。「我今天覺得好內疚，我一方面爲妳的邀約感到興奮，一方面又因爲我根本不是候選人感到罪惡。」

我點點頭，一邊從籃中拿出盤子，放到毯子上。「我知道。自從我父母第一次提到競選之後，我一直默默用各種方式咒罵這一切。後來，我一一收回這些話，因為如果這些都沒發生……」

我們相視良久。我發出一聲嘆息，繼續準備我們的燭光野餐。

「你知道，我父親原本不該娶我的母親。」

「妳在開玩笑吧。」他說著來到我身旁。

「顯然我爺爺事先挑選過前來競選的候選人，他只在裡面安排了三個第五階級的人，這是為了避免下層階級反彈。而且爺爺從一開始就看媽媽不順眼。除此之外，我發現爸媽結婚之前天天在吵架。」我聳聳肩，心裡仍為他們風風雨雨的過去感到驚訝。「我從小到大都覺得他們像童話故事，你知道嗎？結果他們就跟其他人沒兩樣。不知何故，這讓一切變得更不可思議了。」

我停在這句話，回想著我現在知道的一切。

「他們下雨時還是會一起慢舞。我完全不知道為什麼，但每次出現烏雲，就會發現他們湊在一起。」我忍不住微笑。「我記得有一次他還衝進仕女房，真是超沒禮貌。仕女房不能隨便闖進來，但那天下雨了，他等不及要和她共舞。有一次，他在走廊上跳了個下沉步，她整個人朝天仰過去，笑個不停。她那時候頭髮仍未盤起，我永遠都忘不了，她頭髮像紅色的瀑布一樣流瀉。感覺彷彿不管發生什麼事，他們依舊能在那一刻找到最初的彼此。」

「我懂妳的意思。」愛瑞克看了看我偷來的紅酒，咧嘴一笑。「我父母找到彼此是靠

omenalörtsy。」

我雙手環住膝蓋，把裙襬塞到身子底下。「那是什麼？」

「類似蘋果甜甜圈。我母親在他們交往時，替他烤了一些，後來就變成他們的默契。發生什麼好事情：蘋果甜甜圈。吵架要合好：蘋果甜甜圈。星期五心情特別開心：蘋果甜甜圈。」

「他們怎麼認識的？」

「聽起來可能很奇怪，但他們是透過螺栓和螺絲釘認識的。」

我瞇眼。「所以……他們是黑手？」

「不是。」他咯咯笑著回答。「我父母基本上認識彼此一輩子了。他們在史汪登威同一個小鎮長大。他們十一歲時，學校同學找我爸麻煩，把他的作業簿丟到泥巴裡。我媽那時身材甚至比他還嬌小，但是她直接走上前，朝他們大罵，並把我爸拉走。

「當場我爸很難為情，可是我媽仍憤憤不平。那天夜裡，我媽逼他到後巷跟她碰面，兩人一起跑去那三個惡霸的家裡，偷拆掉他們腳踏車輪上的螺絲，害他們只能走路上學。後來幾週，只要他們發現那惡霸之中有人修好腳踏車，我爸媽就會再去拆。過了一陣子，那三個惡霸放棄了，直接走路上學。」

「我喜歡你媽媽。」我吃著麵包說。

「喔，妳們兩個一定很合得來。她熱愛食物和音樂，而且很愛笑。反觀我爸——嗯，如果妳覺得我很害羞，妳應該見見他。他最喜歡悶著頭看書，和人相處反而會不自在，他也很慢熟，不容易交新朋友。總之，我的父母漸漸長大，因爲他們兩人個性截然不同，生活圈也不一樣。男生一個個來追我母親，可是我爸週末卻只待在圖書館。

「我爸更大一點之後，他買了一輛腳踏車。有一天早上他起床時，發現他輪胎的螺絲被拆了。」

「不會吧?!」

「眞的。而且她一直這麼做，直到我爸學聰明了，開始跟她一起上學。從那時起，他們便形影不離。」

「這眞是太棒了。」

他點點頭。「他們很早結婚，但過了一陣子才生了第一胎。他們要我別生氣，但那時候他們只想共度兩人的時光，容不下別人，甚至我也不行。」

我搖搖頭。「我眞的很希望能見見他們。」

「他們一定會喜歡妳。雖然爸爸可能多半都會躲在自己房裡，但不管怎麼樣，他一定會喜歡妳。」

愛瑞克拉開瓶栓，我們一起分享著水果、麵包和乳酪。有好長一段時間，我們都沒有說話。沉默讓一切變得更豐富、更美好。氣氛不疾不徐，歷經好幾天紛紛擾擾，和愛瑞克沉浸在無聲之中是全世界最安心自在的事。感覺就像獨自一人，但卻不是孤孤單單的。

「我要問一個尷尬的問題。」過了一會，我開口。

「喔，完了。」他深吸一口氣。「好，我準備好了。」

「你的全名是什麼？」

他差點把酒噴出來。「我以為妳要我透露什麼深沉的秘密，結果就這個？」

「我覺得自己親了你，卻不知道你的姓，感覺很不好。」

他點點頭。「我的全名是艾可．貝德利．卡斯肯能。」

「艾可．貝……貝德利？」

「卡斯肯能。」

「卡斯肯能。」

「沒錯。」

「我叫你本名可以嗎？艾可？我喜歡你的名字。」

他聳聳肩。「我改成英文名是因為我怕本名很怪而已。」

「不。」我強調。「一點都不怪。」

他垂頭把玩著毯子。「那妳呢？全名？」

我嘆口氣。「我的中間名有些爭議，總之是伊德琳．海倫娜．瑪格莉特．席理弗。」

「眞是好一大串。」他逗我。

「也很虛僞。基本上，這串名字的意思就是『公主、明亮、珍珠』。」

他憋著笑。「妳父母直接命名妳爲『公主』？」

「對。是的，我是『公主．席理弗女王』，謝謝你喔。」

「我不該笑的。」

「但你還是笑了。」我把麵包屑撥下禮服。「這讓我覺得我注定是個自以爲是的人。」

他抓住我的手，要我望著他。「妳不是個自以爲是的人。」

「但我們頭一次互動對話時，我糾正你咬指甲。」

他聳聳肩。「那本來就該糾正。」

我悲傷地苦笑。「不知道爲什麼，那讓我好想哭。」

「別哭。那對我來說是美好的一天。」

我握著他的手，眼中充滿疑惑，他繼續說。「妳還記得妳走上花車，和亨瑞說話嗎？你們講完之後，妳回望我，讓我知道一切沒問題。妳其實不用這麼做的。妳很忙，時間也有限，但妳仍和我確認。這讓我知道即便我是那種一緊張就咬指甲的人，妳也不會鄙視我。」

他這番話讓我更想哭了。「那時就開始了嗎？」

「差不多。自從那天起，我就珍惜著每一天。但是當然，我以爲永遠不會有人知道，更不用說是妳了。」

「我反應有點慢。」我承認。「我想是你把我從廚房拉走那次吧。你根本不擔心會發生什麼事，不擔心我們跑過坐滿人的餐廳時別人會怎麼想，彷彿根本不擔心任何事情。我那時心裡很慌，你拉著我回到現實。許多人負責約束著我的生活，但好像沒有人能像你一樣，讓我覺得自己像個正常人。」

他頓了一下。「對不起，我無法再為妳待得更久。」

「你不知道我多麼希望你能留下。」

沉默懸浮在我們之間好一陣子，然後他清了清喉嚨。「能不能拜託妳……這一切結束之後，能不能請妳不要聯絡我？我相信妳隨時都能來找我。但請不要來找我。妳對我來說是非常重要的朋友，這些男士也是。但我不希望自己成為背叛朋友的人。」

「我也不希望自己成為欺騙丈夫的人。結束就結束了。」

「謝謝妳。」他輕聲說。

「但今天晚上，什麼都還沒結束喔。」我提醒他。

他低頭，淡淡笑了笑。「我知道。我一直在試著下定決心，鼓起勇氣再向妳要一個吻。」

我靠近他。「你可以要一個吻，或者兩個吻，乾脆一打，十二個吻好了。」

他哈哈大笑，身子向後仰躺，這突如其來的動作打翻了他的酒杯，燭光隨之搖曳晃動。

26

隔天早上，我到辦公室的時間比原定計畫晚了一點。我把我頭髮往後梳，匆忙換好衣服，但不管我花了多少時間妝扮，似乎都抹不掉臉上的笑容。

戀愛的滋味很甜美。我這一生享盡美食，而且我以爲自己以前就嚐過這種滋味，但直到現在我才了解，那些都只是廉價的仿冒品，愛根本就無法取代。

我提醒自己這一切有朝一日都會結束，我已經放棄掙扎。我知道我要選擇凱爾，我也告訴了艾可。

凱爾會讓我開心，我希望自己也能讓他開心。我想等到告訴凱爾我選擇他之後，再找機會向他坦承艾可的事。我很了解凱爾，如果我說自己是中途一時糊塗，偏離計畫，親吻了艾可，他一定能夠理解，而且這些說法都是眞的。我不希望這件事會形成陰影，成爲我們倆之間的疙瘩。

和凱爾一同生活其實不錯，感覺也不像被判終生監禁。他聰明、熱情、幽默、有魅力——擁有許多完美丈夫的特質。我們的人民會愛戴他，而且他會和我一起對抗馬里德。他很有感召力，也許人氣還能夠壓過馬里德。

我心底希望自己有機會能學著愛上他，因爲我現在懂得愛的眞正滋味了。

至於現在，我和艾可還擁有幾天寶貴的時光，我一定要好好珍惜。

妮娜手指敲了敲我的辦公桌，把我拉回現實。「妳還好嗎？妳在想什麼？」

「嗯……」

坦白說，我在想伊德琳・海倫娜・瑪格莉特・席理弗・卡斯肯能女王聽起來好悅耳，加上艾可的姓，拗口的名字忽然間變得像詩句一樣。但這時我注意到她的雙眼充滿血絲。

「我想著妳。」我說。「妳還好嗎？」

「我沒事。」她的語氣聽起來明明就很有事。「是馬克啦。他工時很長，現在我又必須做更多工作，兩人變得越來越難聯絡。老問題了，妳也曉得。遠距離不是問題，但問題都從遠距離開始。」

我牽起她的手。「妮娜，我絕對不會讓這份工作害妳犧牲妳最愛的人。妳是個聰明的女生，妳到哪裡都能找到工作——」

「妳要開除我？」她低聲說，看起來好像要哭了。

「當然沒有！妳走的話我心都要碎了。要是有所謂的靈魂閨密好朋友，妳就是我的靈魂閨蜜好朋友，我哪裡都不會讓妳去。」她淚眼汪汪，破涕爲笑。「我只是不忍心看妳失去對妳來說那麼重要的人。」

「我懂。眼睜睜看著妳掙扎，自己卻無法插手，現在妳終於懂我有多難受了吧？」

我嘆了口氣。「我的生活完全是另一回事。如妳所說，我的選擇也不算太差。」

「伊德琳，請妳重新考慮一下。一定有更好的方法可以阻止馬里德。」

「就算有的話，我也沒時間了。如果我不現在鞏固我的王位，就會有許多人試圖謀反，而終有一天會有人得逞。所以無論如何，我都不能坐以待斃。這對我來說很重要。我不會妥協。」

她點點頭。「對，我也不會妥協。我不可能留妳一個人面對這一切。」

我握住她的手，感謝她能出現在我生活中。

「妳改變主意就跟我說。」我再次強調。「如果妳想離開，我可以──」

我忽然愣住，說不出話來，我看到喬西端著托盤進到辦公室。她在妮娜和我面前各放了杯咖啡，接著開口。

「大家都說妳的咖啡要加兩顆糖，但弄錯的話我可以去換。」

「不用，不用。」我仍一頭霧水說。「兩顆糖，沒錯。」

「好。我經過郵件室，他們收到這幾封信，我想我可以替妳拿過來。」她將一疊信放到我桌上的收件木匣裡。

「謝謝妳。」

她點點頭。「還有，我今天早上看到妳母親。她復元得非常好。不過我還沒有看到妳兩個弟弟。」

「要找到他們恐怕沒那麼容易。」我笑著說。「謝謝妳，喬西。」

「沒什麼，我只是盡我所能幫忙而已。」她聳聳肩。「我很閒，如果妳需要人幫忙，可以跟我說。」

「妮娜？」

我轉身，看到她仍訝異地愣在那裡。「妳字寫得好嗎？」她終於擠出這句話。

「非常好。」喬西綻放笑容回答。

「那好吧。」就這樣，辦公室多了個意外的幫手。

我們走過皇宮走廊時，法克斯十分安靜。這次約會不算特別，但我憂心忡忡，實在沒心情再發揮什麼創意。不過，攝影師拿著相機看照片時似乎很滿意。

「其實有點可惜，我們不能去外面的餐廳，或是出去玩，像……妳打保齡球嗎？」法克斯問。

「不打。」我大笑一聲回答。「穿一雙不知道幾千人穿過的鞋子，再把手指插到不知有多少細菌的洞裡？」我吐了吐舌頭。「我可不要。」

他微笑。「可是很好玩啊！妳怎麼會想到細菌？」

「歐斯頓有一年生日說要去打保齡球。我們租了整間保齡球館一下午。一發現要換鞋子，我就受不了了。不管他們噴多少消毒液我都不要。每個人都打了，甚至媽媽也打了，但我只在一旁看。」

「眞可惜。妳怕細菌嗎？」他聽起來就像在嘲笑我。

我不以爲意。「沒有。我只是不喜歡而已。」

「好吧，那就這麼定了。」他說。

「什麼定了？」

「如果妳嫁給我，第一個命令就是建造我們的個人保齡球館。」

我大笑。

「我可沒開玩笑。也許我們可以把攝影棚拆了，建在那裡。」

「不用再播《報導》嗎？」我開心地問。「好喔，這點眞的打中我了。我贊成。」

「妳可以設計自己的鞋子。」

「噢喔喔喔！」我已經能想像要怎麼把那些怪鞋改成皇室特別版。這一定很有趣。「我眞的很喜歡你這點，法克斯。你很會讓緊繃的氣氛放鬆下來。」

「我們已經拍好了，女王陛下。」攝影師退開說。「謝謝妳。」

「謝謝你。」我大喊。「對不起，事情漸漸到了尾聲，大家眞的想看看最後四人的私下生活。」

「喔，我不介意。」法克斯說。「我覺得自己能撐這麼久很幸運，而且竟然還能和妳單獨相處。」

我以拇指輕拂他的手。「謝謝你，法克斯。我知道我一直很忙。」

「我看起來有不高興嗎？妳成爲女王之後，我是第一個和妳約會的人。這有多不可思議啊？」

我根本沒料到他會這麼想。我原本是希望能暗示他，他可能再過不久就要被淘汰了。現在我覺得自己眞是進退兩難。

「我眞失禮。你還好嗎？家人都好嗎？」

「爸爸過得還好。他只要抓到機會就一直向大家吹噓：『有看到法克斯進了前四名嗎？他是我兒子。』」他搖搖頭。「我想他好久沒有値得高興的事了，所以雖然我有點想叫他別那麼激動，但還是算了。至少我不用親自在那裡受罪，聽他嚷嚷。」

我咯咯笑。「我懂你的意思。我爸很喜歡拍照，他喜歡記錄每一件小事。不知道爲什麼，比起記者，他更讓我感到難爲情，而且明明他們做的是一樣的事。」

「因爲那是妳爸。是妳很親近的人。」

「對啊。」

我們陷入一片沉默，皇宮感覺空空蕩蕩的。一時間，我好懷念不到兩個月前，一大群男生闖入我生活的日子。

不知道在一切結束之後，我會不會仍一直想起他們？

「總之，他整體來說過得不錯。」法克斯打破沉默說。「他眞的很驕傲，但他一直問我一些我永遠不知該如何回答的問題。」

「什麼意思？」

我望著法克斯，他的表情從堅定轉爲羞赧。

「他一直問我愛不愛妳，或妳愛不愛我。我已經告訴他，我不能直接走進妳辦公室，要求妳說清楚、講明白。」他咧嘴笑了，顯然他也明白這有多無理取鬧。「我絕對不會要妳告訴我妳的感覺。我覺得那並不合理。但我覺得妳應該要知道我……我……」

「不要再說了。」

「爲什麼？這份感覺已出現了好一陣子，我一直想告訴妳。」

「我還沒準備好聽你說。」我退開，我的心跳怦怦聲在耳朵回響。這太快、太突然了。我最近幾乎沒機會和他交談，結果現在就這樣？

「伊德琳。我希望妳至少能知道我的感受。妳不久就要選擇其中一人，所以妳能知道不是比較好嗎？」

我轉向他，挺起胸膛。如果我能面對記者和來自各地的貴賓，我就能面對一個男生。「你坦白說吧，法克斯。」

他露出淡淡微笑，但很真誠。「從妳讓我留下的那一天起，我就覺得自己已經出局了。在我人生中最慘的一夜裡，妳對我真的很好，我非常希望妳能見見我的家人。我想讓妳看看克萊蒙特的美麗沙灘。我希望妳能跟我們坐在桌前共享晚餐。我覺得妳一定能夠馬上融入衛斯理的大家庭裡。」

他停頓了一下，搖搖頭，好像不敢相信自己竟然能把這些話說出口。

「我想要幫助妳。我想要盡我所能支持妳。我也由衷希望妳能支持我。我不知道爸爸還能活多久。我希望在他死前讓他知道，我已選擇好自己的道路。」

我閉上雙眼，感覺心中充滿罪惡感。不久之前，我母親差一點長眠不醒。我能理解他的願望。

「但那不代表我可以讓這件事成真。」我喃喃自語。

「什麼？」

「沒事。」我回答，堅決地搖搖頭。「法克斯，你的這份感情非常動人。我喜歡你的坦白，但我還沒準備好給你任何保證。」

「我也沒有奢望什麼。」他接近我，牽起我的手。「我只是需要妳了解我的感受。」

「現在，如你所說，我會將這一切納入考量。我很快就會做出決定。」他手指拂過我的手，但如今感覺已經變質。

「我對妳很認真，伊德琳。相信我。」

「喔，我相信你。」我低聲說。「一點都不懷疑。」

27

「我不懂。」隔天早上，我跟妮娜重述約會經過，她劈頭就說。「他表明自己的心意不是件好事嗎？也許他可以是最後兩個人選啊？」

其他人還在吃早餐，所以辦公室沒有人。陽光穿入窗戶，我們並肩坐在沙發上，雙腿蜷在身下，彷彿是徹夜狂歡後的清晨談心時刻。

「我不這麼覺得。昨天的談話不知爲何感覺很刻意。不是說他不是眞心的，只是好像他設計出那一刻，逼我一定要聽。」我把頭靠在手上，他說的那些話一句句再次浮現我的腦中。「然後我覺得好內疚。他提到他爸爸，說我一定會融入衛斯里家……不知道爲什麼，我聽了全都沒感覺。」

我一手挑著裙子的縫線，好像手指能解開我糾結的思緒一般。「我想眞正的問題是，」我開口。「他說他自從廚房打架事件之後，便懷著這份感情，但我們自那時起沒有多少互動，至少沒有一對一互動。所以這份漸漸加深的眞摯情感……究竟是從何而來？」

妮娜點點頭。「感覺他是愛上他心目中的妳，而不是眞正的妳。」

我心中大石落下，全身放鬆下來。「沒錯。這正是整件事給我的感覺。」

「所以送他回家？」

我搖搖頭。「不，我答應海耳下一個回家的是他。他準備好了，我不想讓他失望，畢竟他已為我付出了那麼多。」

「早安，女王陛下。嗨，妮娜。」布麗絲女士走進來，她手中拿著一個瑪芬蛋糕。「陛下，妳弟弟給我一些文件需要妳過目。看來法國想重新協商兩國貿易協約。我想這是近年來最容易的一次。」

「噢，多麼順理成章啊，我的小亞倫。」我相信這其實應該是卡蜜兒的決定，但我知道亞倫在場也有幫助。

「多虧有他。我還有三份新亞細亞的協約要給妳過目，都放在妳桌上了。今天下午《報導》製作人想錄一段訪問，關於這段過渡期之類的，我不知道。」

「喔，所以，今天的任務簡單又輕鬆囉？」我開玩笑說。

「一直都是啊！」

「布麗絲女士，妳以前都會幫爸爸這麼多忙嗎？」

她大笑。「只幫過一段時間。妳長大之後，他希望妳能肩負起更多責任。只要妳覺得站穩了，我也很樂意放手，說不定可以退休了。」

我東爬西爬下了沙發，抓住她肩膀。「不要。永遠不要。妳要死在這間辦公室！」

「悉聽尊便，我的女王。」

「女王陛下！女王陛下！」有人大喊。

「喬西？」我回答，看著她上氣不接下氣衝進門。「怎麼了？」

「我剛才在看電視。馬里德……」她猛力抽著氣。

「馬里德怎麼了？」

她嚥了嚥口水。「他被人看到在買訂婚戒。各家新聞都在報導。」

顧問全湧入了會客室，跟著我們一起看各家報導的推波助瀾。不久，不是我心腹的人也全都會明白馬里德的詭計，而且意識到他已經有多麼接近王座。

「他有國王相，對不對？」一個新聞播報員說。

「他當然有！他是國王的後裔啊！」她的搭檔答腔。

「不過說眞的，這樣眞是太浪漫了吧？」

「的確。喔，超浪漫，但女王現在正在進行親王競選。」

新聞播報員手在空中揮了揮。「誰在乎？讓他們回家啦。他們沒有一個有馬里德．伊利亞的魅力，差遠了。」

我轉台。

「根據珠寶商所說，伊利亞先生看了幾個相當昂貴的戒指，除非他打算求婚的對象是當今的女王陛下，否則不會有人配得上那麼高貴的戒指。」

「皇室現在又再次出現一個前所未見的情況。首先，我們舉行了一場公主主導的親王競選。接著，我們迎接了年輕的公主登基，她不但還沒完全準備好，她的父王也依然健在。如今，有個外來的追求者打算搶在菁英候選人之前贏得女王的芳心。這一切眞是太刺激了。」

我又轉台。

「伊利亞先生走進珠寶店時，我身邊的凱西也在場。可以告訴我們妳目睹的情況嗎？」

「嗯，他起初有點害羞，好像不敢承認他爲何要來這裡。但後來他在櫃前徘徊了十五分鐘左右，他想找什麼再明白不過了。」

「他對哪個戒指特別感興趣嗎？」

「他請我拿了至少十多只不同的戒指，感覺都不大滿意，於是我告訴他，如果他願意的話，我們可以替他特別設計一只，他一聽臉都亮了。我希望他不久之後會再回來。」

「那妳會選馬里德嗎？例如，跟海耳先生或凱爾先生相比？」

「喔，天啊！我眞的選不出來。我只知道伊德琳女王眞的是個非常幸運的女人，有這麼多好男人追求她。」

我受不了了。我關上電視，哼一聲倒在沙發上。

顧問雷斯摩先生咕噥一聲。「我們需要擬個對策。」

「我們需要擬個對策。」我厲聲說。「除了趕快把我嫁掉之外，我們還能做什麼？」

萊傑將軍背靠著書櫃，目光仍緊盯著空白的螢幕。「我們可以殺了他。」

我嘆了口氣。「我真的不希望那是我的最後一張牌。」

安卓斯大臣也很憤怒，但他理由全搞錯了。「妳不該激怒他。」

「我什麼都沒做。」我駁斥。

「妳根本就是刻意忽略他。」

「冷靜點，安卓斯。」布麗絲女士怒氣沖沖在沙發後面踱步。我看著她，忽然發現喬西站在角落。她一定錯過了逃跑的機會，現在被困在房裡，害怕地望著四周的怒火和吼叫。「我們一定要叫他閉嘴，一勞永逸。」

「唯一的辦法就是讓伊德琳趕快訂婚。」安卓斯大臣說。

「對，我們知道。」布麗絲女士語帶疲倦地說。「但她不該倉促結婚。如果她被逼著結婚，又怎麼可能擁有一段成功的婚姻？」

「成功是她的責任！」

「責任？她是人。」布麗絲女士反駁。「她已同意這麼做，沒有理由──」

「她從來就不只是一個人！」安卓斯提醒她。「從她出生那一秒開始，她就一直是個有用的東西，我們必須——」

萊傑將軍走向安卓斯。「你要是膽敢把剛剛那些話再說一次，我就不怕把殺人當作**我的**最後王牌。」

「你在威脅我嗎，你這小——」

「住口。」我輕輕吐出口。不可思議，輕描淡寫的一聲命令之下，全場頓時一片寂靜。

我知道一切遲早會衝著我來，而且我眞心接受這一切。馬里德展現了他實際擁有的影響力有多龐大，而我必須鬥垮他。我不禁擔心就算結了婚也不能獲得人民的支持，但那是我唯一的賭注。「布麗絲女士，麻煩妳去將法克斯帶來辦公室。我們該說再見了。」

「妳確定嗎，陛下？妳一讓人數減到三人——」

「我沒有要減到三人。」我嚥了嚥口水。「接著請帶海耳進來。我今晚會選出最後的人選，明晚我們取消《報導》，直播宣布競選結果。毫無疑問，這一週發生這麼多事之後，所有人都會持續收看。」

「沒問題，陛下。」

「好了，安卓斯大臣。你要的進度有了。我正式訂婚的消息明天下午會自皇宮發布。」

「妳確定我們要等那麼久嗎？如果馬里德——」

「如果馬里德再做什麼蠢事，我二十四小時之內會下令將他擊斃。那樣對我來說就夠了，所以對你來說也一定夠了，大臣先生。」

我站在原地。一切結束了。

我肯定無法掩飾我心中的風暴，我相信在場所有人都已發現，我內心的自己已徹底缺氧，當場窒息而死。在我腦中，我看到艾可拿起行李箱，從我生命中永遠消失。一股全新的痛楚，緊緊籠罩在我陰鬱的心上。

28

所有人都悻悻然去吃中餐，我待在會客室，只想獨處片刻。其實我心裡想著艾可，但我不可能找他來，因爲大家一定會起疑。我咬緊牙關，打開電視，調成靜音，看著螢幕中馬里德的畫面。

也許大家說得對，也許我該退位。搞不好我們訓練卡登來繼承王位就能挽回一切。我登基不到一週就退位，對我來說會很丟臉，但至少我不會令家人蒙羞。

「陛下？」喬西偷偷來找我。「需要我替妳拿點什麼嗎？食物？咖啡？」

「不用了，喬西。我沒有胃口。」

「我可以了解。」她淺淺笑著說。

「我想謝謝妳今天來警告我。我知道那好像沒幫上什麼忙，但多出那五分鐘能幫我鎮定下來。如果安卓斯大臣先發現，那感覺會糟糕好幾千倍。」

她睜大雙眼。「他好可怕。他們一直都這樣吼來吼去嗎？」

我點點頭。「只有布麗絲女士和萊傑將軍不會。但其他人對爸爸也都是那樣。好像只有用吼的，才能表現出他們有多堅定。」

我們安靜了一分鐘，看著螢幕中馬里德英俊的臉。他確實引起軒然大波。

「對不起，伊德琳。」喬西輕聲說，我的注意力又回到她身上。「關於所有事情，像是我以前的態度，我也很難過妳現在要面對這些事情。」

「妳之前完全不知道，對不對？」我語氣溫柔地問。

她難爲情地搖搖頭。「我以爲每個人都會替妳做好工作，妳只要說好或不好。」

「每天都只有宴會、錢和權力。」

「對啊。」她苦笑一聲。「我不敢相信我這一生一直希望自己成爲公主，結果卻發現，我根本不可能應付得了這一切。」

我在沙發上移了移身子。從一開始，我心裡就十分確定一件事，但我終於決定問出口。

「這是妳把凱爾的名字丟進競選抽籤的原因嗎？這樣妳才能成爲公主？」

她臉漲紅。「我沒想到他眞的會被抽到。如果他抽到，我也根本不覺得妳會選他。我在報紙頭版看到那一吻的時候，好興奮喔。我還開始在筆記本上設計頭冠。」

「現在呢？」

「我還是希望能有自己的頭冠，但我知道我不夠格。」她慢慢露出笑容。「而且我發現就算他贏了，我也不完全是公主，不過這感覺是件大事。我看著妳的玫兒阿姨，她眞是光采動人，周遊世界，見到許許多多大人物，看起來就像時裝模特兒一樣。」

「我知道那樣的生活很有吸引力。」我附和。「說來，媽媽的兄弟姊妹比起她絕對過得更好。」

想起阿姨和舅舅，我忽然靈光一現，腦中想到絕妙的主意。今天終於有一件好事了。

喬西撥弄著禮服的縫邊。「對啊，看起來很有趣。但是我好像太過著迷了。對不起，給妳添了不少麻煩。」

「我也是。對我來說，要跟一個成天想成為我，卻又不用做任何工作的人一起長大，我也覺得很辛苦。」

「從小到大活在妳的陰影中也很難受。」她似乎很難過，垂頭喪氣。

「妳知道，喬西，現在換個跑道也還不遲。剛好妳在我這邊有這麼多資源，我很樂意幫妳找到正確的路。只要那條路離我的頭冠遠遠的就好。」

她咯咯笑起來。「但我不知道該從何找起。」

「嗯，妳這幾天證明了自己是個得力助手。不如我們雇妳當辦公室的實習生怎麼樣？不管妳未來要做什麼，起碼妳都需要自己的經濟來源。」

「眞的？」她抽了一口氣。

「眞的。」

喬西飛奔過會客室，撲到我身上抱住我。這輩子第一次，我完全不介意她靠我那麼近。

「謝謝妳。」

「不客氣。趁我還在，我要盡我所能多做幾件好事。」

她抽開身。「我發誓，妳退位的話，我永遠不會原諒妳。」

我原本沒想要透露這麼多的。

「我知道我的意見不算什麼，但我要說的還是一樣：不要這麼做，妳不能這麼做。」

我搖搖頭。「我不會的。我保證。雖然我很想，但我自尊心太強了。」

親愛的傑拉德舅舅，

這是遲來的一封信。你好嗎？工作順利嗎？還有……好啦，我需要你幫我個忙。我的侍從官的男朋友也是個優秀的科學家。我完全不確定他和你的領域是否類似，但我想，你可能至少有些人脈，能安排他來安傑拉斯省工作。他能否就近工作，對她來說非常重要，而她的快樂對我來說非常重要。你幫得上忙嗎？

好意提醒你一下，我可是你的女王。

超級感謝！好愛你！有空快來看看我們！

伊德琳

29

法克斯知道被請進我的辦公室代表什麼意思。所以他拒絕了，並透過妮娜向我道別，妮娜安排他住進旅館，搭明天早上的班機回克萊蒙特省。

我莫名感覺自己很卑鄙狡猾，彷彿僥倖逃過一劫。我原本已準備面對一場戰鬥，也擬好了撤退的計畫。

不過，海耳走進辦公室時，笑容滿面，打扮完美，準備像個紳士一樣離開。他張開雙臂走過來，我投入他懷中，全心全意相信著他。

「我一定會非常想念妳。」他在我耳旁輕語。

「我也是。但你知道必要時要怎麼聯絡我，對吧？」

他點點頭。「妮娜給我的班機資料有附上聯絡方式。」

「很好。因爲我可能不久就要跟你聯絡。」

「喔？」他退開，順順西裝外套問。

「當然啦。總要有人來設計我的新娘禮服啊。」

海耳站在原地，笑容瞬間從臉上消失，彷彿這是捉弄人的笑話。

「伊德琳……妳是認眞的嗎？」

我抓著他的肩膀。「大家朝我丟食物時，你爲我擋住了。我還沒準備好的時候，你就主動和我交朋友。就連現在，你也不求回報，無私地保護了我。我唯一能做的就是成爲你第一個客戶。我未來會時時關注你蒸蒸日上的事業，先生。」

他眼眶泛著淚光，但他設法冷靜下來。

「我其實有點害怕離開。」他坦承。「我跨出這道牆之後，有好多事情就都要改變了。」

我點點頭。「但是不代表所有的改變都不好。」

他大笑。「妳什麼時候變得這麼樂觀？」

「心情起起伏伏的。」

「世事也多半如此。」他嘆了口氣說。

「世事也多半如此。」我附和，並抱住他最後一次。「祝你平安到家，最好一回家就開始設計。」

「妳開玩笑嗎？我一上車就會開始畫設計圖。」

海耳親親我的臉頰，眨個眼。「拜，伊德琳。」

「拜。」

海耳走了之後，一切如螺旋聚焦成一點。這就是尾聲了。我只剩兩個候選人，和一個有藍眼睛的靈魂伴侶。我不知道要先跟誰開口。我思忖片刻，艾可對接下來要發生的事早有心理準備，他聽到我宣布時不會感到訝異。但亨瑞一定很驚訝，而且我想他心裡一定會很難過。所以，我決定先見凱爾，這樣一來，我就會多出許多時間，透過我美好的口譯員，平靜但痛心地向亨瑞解釋一切。

我手敲上凱爾的門時，全身都在顫抖。我沒有準備好任何說詞。雖然我相信他會答應，但我其實一點也不確定。萬一他忽然覺得我一點都不值得他這樣做怎麼辦？

他的男侍應了門，深深鞠躬。「女王陛下。」

「我有話要和凱爾先生說，謝謝。」

「對不起，陛下，他不在這裡。他說要去舊房間拿東西。」

「喔。好，我知道在哪裡。謝謝你。」

我走上三樓，循著那天晚上他同意吻我的那條走廊走去。我們的人生走上多麼奇特的一條路啊。

凱爾的門微微開啓，我看到他在房間角落修補作品。他的西裝外套和領帶都扔在床上，手中磨著一塊小木頭，看來是準備黏在他身旁的建築模型上。

「我能進來嗎？」

他的頭馬上轉過來，幾縷頭髮落到臉上。他頭髮又變長了，感覺已不像我記憶中那麼邋遢。

「妳好。」他說著甩掉手上的木屑，走來打招呼。「我正希望今天能見妳。」

「喔，是嗎？」

他一手摟住我的腰，把我拉進房間。「我今早在看電視，一直看到關於馬里德的新聞。」

我翻白眼。「我知道。他現在算是個麻煩了。」

他拍掉椅子上的灰塵，我坐到他對面，看著他小巧的創作天地。那裡有著藍筆和黑筆勾勒出的細膩草圖，還有一疊疊插著標籤的書。到處都是他的迷你建築物，就像一座小鎮。他在這裡開天闢地。

「他眞的能向妳求婚嗎？」他聽起來很緊張，好像擔心馬里德不是想奪走國家，而是想奪走我。

「他可以吧，我想，但我不會答應。」我嘆口氣。「結果出乎我意料之外，馬里德不是我的朋友。他一直威脅我，說他要煽動民意，起初我還懷疑他做不做得到。但他今天成功讓自己出現在家家戶戶的電視上……其實，他眞的不簡單。如布麗絲女士說的，這是一場即刻發動、不需一兵一卒的入侵。」

「入侵？什麼意思？他忽然覬覦王位了嗎？」

我手指摸過凱爾其中一張設計圖。「我覺得沒那麼突然。我想他和家人伺機行動已經有好長一段時間了。少不更事的年輕女王便是他最完美的目標。現在他想成爲親王，並利用我的名義完成他的計畫。而我唯一的希望就是在他求婚之前，趕快訂婚，因爲我相信如果我拒絕他，媒體一定會大肆渲染。」

「那我們就這麼做吧。」

「做什麼？」

「結婚啊。伊德琳，我今晚就能娶妳。我們兩人在一起，再加上我們兩家人，他絕對不可能贏。人民從一開始就支持著我們。嫁給我，伊德琳。」

我望著他，凱爾善良的臉上充滿關心，一時間，我眞的覺得我辦得到。我告訴自己這一點都不難，只要知道他站在彼端，我就能走下那條紅毯。他總是能逗我笑。經過這兩個月，我們彼此相伴，我毫不懷疑他會支持我一輩子。

「我承認，我之所以來這裡，原本就是要提結婚的。但是……我辦不到。」

「爲什麼？是因爲我沒單膝下跪嗎？」他馬上跪下去，抓住我的雙手。「等一下，還是因爲應該是由妳來求婚？」

我和他一起跪到了地上。「不。都不是這些原因。」

他的表情垮下。「妳不愛我。」

我笑著搖搖頭。「不是，也不是這個原因。其實，可能是因爲我太愛你了。也許不是全然浪漫的那種，但我絕對深愛著你。」

「那爲什麼？」

「因爲這些。」我比了比周遭的作品。「凱爾，爲了從別人手中拯救我，你願意娶我爲妻，我永遠都無法告訴你這對我來說有多大的意義。尤其，我一直很討人厭，你肯這麼做簡直是奇蹟。」

他笑了笑，仍緊握著我的雙手。

「但你這一輩子唯一的願望就是走出這道牆。你唯一想做的事就是蓋房子。我覺得那是件很美好的事情。這世界上，好多人想將一切撕碎。你卻想做完全相反的事，這難道不美好嗎？」

「但我可以放棄。我不介意。」

「**我會**。我會介意。未來，我人生的危機慢慢消失之後，你也會介意。你內心一角會因爲那股遺憾而死去。你會恨我。」我雙眼充滿淚水。「我不能活在你恨我的世界裡。」

「我會留下來，小伊。我告訴妳，我願意。」

「我辦不到。」

「妳可以。妳剛才說妳必須這麼做。誰能比我更適合？」

滾燙的淚水流下我的雙頰。「拜託，不要逼我這麼做。」

「妳不能逼我走，伊德琳。」

我從他手中抽走雙手，迅速站起來，並拭乾雙頰。我低頭看著凱爾，這個願意爲我犧牲的善良朋友。我鎮定站好。

「凱爾．伍德渥克，我在此將你逐出皇宮，放逐一年。」

「什麼？」他起身，雙拳緊握。

「為了彌補你在這一年間無法回家，且念在你為皇室的付出，你在勃尼塔省會有一間由公費負擔的公寓。」

「勃尼塔省？那在伊利亞的另一端！」

「此外，你將會得到充足的資金和原料，讓你在該省首府執行安置遊民的住宅計畫。」

他的表情柔和下來。「什麼？」

「如果你覺得資金和原料不足，你可以寫信到皇宮申請更多資源，我會盡快送過去。」

「伊德琳……」

「你永遠都是我的家人，凱爾，但我不會讓你成為我的丈夫。我不能這麼對你。」

他的語氣溫柔。「可是妳必須找**一個人**成為妳的丈夫。妳沒有時間了。」

「那個人會是亨瑞。法克斯幾個小時前已經離開，海耳剛才也上了車。」

他完全愣在原地。「一切真的結束了，是不是？」

「我原本打算和你共度一生。其實，我想我現在還是可以反悔。但如果我留住你，我會恨自己一輩子。那樣太殘忍了。」

「那亨瑞呢？妳跟他在一起會快樂嗎？」

我頓了頓。「他確實無條件愛慕著我的一顰一笑。」

凱爾點點頭，表示同意。「我想全心全意的愛也是不錯的選擇。」

我漾起微笑。「謝謝你。這段時間你好幾次都替我釐清頭緒，但我不能奪走你唯一真心在乎的夢想。」

他點點頭。「我了解。」

我走向他，他擁抱住我，抱得好緊好緊，幾乎要發疼。

他終於開口時，聲音哽咽。「如果有什麼我能幫忙的，告訴我。」

我頭埋在他襯衫裡。「好。你有什麼要求我也都答應。」

「除了嫁給我。」

我抽開身子，開心地看到他的笑容。「除了嫁給你。」我放開他，雙手十指交扣放在身前。「我明天會正式宣布獲勝者。我希望你留到那個時候，以免媒體先聽到風聲。在那之後，我一整年都不要看到你的臉。你聽清楚了嗎，伍德渥克？」

「我能參加婚禮，對吧？」

「嗯，當然可以參加婚禮。」

「聖誕節呢？」

「這個自然。」

他思索片刻。「那妳的生日呢？」

「好，亞倫確實說他會回來，所以到時候可能會有場盛大的宴會。」

他點點頭。「那好吧。除了那三天之外，一整年都不見面。」

「太好了。同時，你只要做好你天生擅長的事就好了。」我聳聳肩說，好像這根本不算什麼。

他搖搖頭。「我要蓋房子了。我眞的要蓋房子了。」

「而且，你會因此改變別人的生活。」

「謝謝妳，女王陛下。」

「不客氣。」我親親他臉頰，趁我改變主意之前跑出房門。「明天攝影棚見。我一安排好就會把資料拿給你。」

我到走廊上，一手按著肚子，深呼吸一口氣。我下定決心了。可是爲什麼我忽然感到一陣心慌意亂？

我快步回到辦公室，欣然看到每個人都認眞安排著一切，想讓明天盡可能順利，只有我除外。

「布麗絲女士，妳能幫我請愛瑞克來一趟嗎？我要跟他確認明天的細節。」

「交給我。」

30

我在辦公室旁的會客室踱步等他來。每多一秒過去，我喉嚨就益發哽咽，讓我說不出口胸中所有的話。

「女王陛下？」他靜靜說，雖然周遭許多人來來去去，他毫不猶豫就朝我露出笑容，彷彿我就是他的星辰和太陽。

「我要跟你說明天的事。能請你關上門嗎？」我盡量讓語氣平靜，但從他的表情看得出來，他知道我在壓抑。雖然我努力裝作若無其事，但因爲他，一切變得難上加難。

「妳還好嗎？」雖然我們獨處了，他還是壓低聲音。

我吐出一口氣，想鎮靜下來。「不好。」

「根據新聞報導，妳出現一個意料之外的追求者。」他直截了當地說。

我點點頭。

「這個問題多久了？」

「比我所知還久。」

「我想這造成妳莫大的壓力。」

「不只如此。」我嚥了嚥。「因爲這件事，我被迫明天就要宣布我訂婚的消息。」

「喔。」這淡淡的一聲承載著全世界的震驚。

「考量到凱爾對於他的人生有別的規畫，我決定向亨瑞求婚。今天。」

他聽到這件事，發不出任何聲音。

我手伸向他，他牽了起來。他甚至一點也不憤怒，其實他可以生氣，因爲我幾乎打破了我所有的承諾。但他只是單純地沉入哀傷，而這點我跟他完全一樣，他的情緒我感同身受。

「我相信妳明白，我明天之後必須離開。」他靜靜地說。

「我會請妮娜找另一個翻譯。我不會逼你主動請辭。」我的呼吸變得短促，淚水不停地湧出。「我打算在這個小時之內去找他。你覺得……可以請你不要在場嗎？」

他點點頭。「如果妳要我留下，那這也會是我頭一次拒絕妳。」

我們靜靜站著，緊握著對方的雙手。要是能夠靜止不動，一切是不是就能維持現狀？

「我已有心理準備。」他說。「我了解接下來的命運，可是——」

站在那裡，看著艾可嘴唇顫抖，我心裡有如錐刺般疼痛。

我倒入他懷中。「艾可，我需要你聽我說。就這一次，我要你沒有一絲懷疑地聽清楚，我愛你。如果我是自由的人，如果我能自主，我現在就會跟你逃走。但馬里德會以我消失爲由，奪取我的王位和民心。」我搖搖頭。「我不能……」

他雙手捧著我的臉，讓我望向他的雙眸。雖然裡頭盈著淚水，他的雙眼如平常一般美麗而澄澈。

「我只排在人民之後，這是多麼大的榮幸。看，妳成爲了多偉大的女王，妳不忍心和他們分離。」

我將他拉近，親吻他，好像我們的生命全寄於這一吻之上。我們鼻頭濡溼，我也哭花了眼，也許這一吻並不美，但卻濃縮著我們未來永遠無法擁有的每一吻。

凱爾說得對，最後一吻才是最重要的。

我退開，擦乾我的臉。這一刻，我眞的希望自己像個淑女。我伸手從我手指摘下他曾曾祖母的戒指。

「別傻了。」

「這是傳家之寶。艾可。」

他握住我的手，將我的手指合起。「我給妳的那一天，就不打算拿回來。我這輩子都無法把這枚戒指再交給別人。」

我悲傷地微笑，又戴了回去。「那好吧。」我伸手摘下我的傳家之戒。

「伊德琳，那是皇室的傳家之戒。」

「你原本會是非凡的親王。你這輩子都能拿這個當證明。」

我們凝視著手上的戒指。這兩只戒指都沒有套在我們的左手，但這已經是我們最接近的一刻。我的心有一部分將永遠保留著他的位置，並緊緊上鎖。

「我必須走了。」他說。「他應該在他房裡。」

我點點頭。

艾可若有似無地親吻我的臉頰，在我耳邊低語。「我愛妳。希望妳這一生都能幸福。」接著，彷彿他無法再多待一秒，閃身快步走出了辦公室，並關上了門。

我坐下，手緊緊抓著沙發椅臂。我感覺反胃噁心，彷彿我馬上要昏倒或嘔吐。我直接走出直通走廊的門，盡快飛奔到我房間。

「陛下？」艾若絲問著，我衝過她，進到浴室，吐出我今天吃下的一切。

我邊嘔吐邊發出陣陣哭嚎，我心中充滿悲憤，情緒崩潰，而且我真的好累。

「盡量發洩。」艾若絲輕聲說，她拿了一塊溼毛巾過來。「我在這裡。」

她跪到我身旁，雙臂環抱著我的肚子。她抱著我，感覺意外地令人安慰。

「我無法想像妳的感受。每個人都有意見，每個人都有要求。但妳在這裡，妳想怎麼尖叫、怎麼哭都可以，好嗎？我們會幫妳撐過這一切。」

我泣不成聲，轉身投入她的懷抱。她不發一語，只是靜靜抱著我，讓我渲洩所有的哀傷悲痛。

「謝謝妳。」我緩過呼吸之後說。

「沒問題。好，妳要回去工作了嗎？」

「我要去向亨瑞求婚。」

就算她感到驚訝，也沒表現出來。「事情一件一件處理。我們先洗把臉。」

於是，她緩緩開始幫我梳理，好讓我準備踏出我下半輩子的第一步。

31

艾若絲幫助我振作起來，因此我走向亨瑞的房間時，只能以「華麗優雅」四個字來形容。就像我原先決定要跟凱爾在一起一樣，我提醒自己這個選擇也很好。亨瑞會很愛我，而且他十分友善，我們溝通的方式可能會有一陣子很特別，但那不表示我們在一起的生活會不開心。

他的男侍前來應門，友善地帶我進門。亨瑞坐在桌前，面前攤開一本書，旁邊有一壺茶供他飲用。他看到我時起身鞠躬，肢體動作寫滿了喜悅。

「今天好！」

我咯咯笑，雙手捧著一個寬扁的木盒走過去。「你好，亨瑞。」我把盒子放到桌上，和他擁抱，他不禁笑容滿面。「這是什麼？」

我摸著他的書，望向書頁。當然了，雖然他沒有人幫忙，卻仍繼續在學英文。他抓起筆記本，用手指著。

「我寫給妳。我可以讀，好嗎？」

「喔，好啊，你說。」

「好，好。」他深吸一口氣，露出微笑，舉高筆記本。「『親愛的伊德琳，我知道我不會說，但我每天都在想妳。我的話還不好，但我的心……』」他說著碰碰胸膛。「『……感覺著我不會說的。其實就算用芬蘭語，我也說不好。』」

他自顧自大笑，聳聳肩，我漾起微笑。

「『妳擁有美麗、才能、聰明，而且很好。我希望能給妳看，我覺得的妳有多好。還有，給更多親吻。』」

我不禁大笑，他看到我這麼開心也心花怒放，好像高興得快要爆炸一樣。

「還在努力。」他放下筆記本說。「嗯，我找愛瑞克？」

「不。」我說。「你就好。」

要靠自己和我溝通，他看起來很緊張。但這次已經比我們以前都進步很多了。他點點頭，雙手搓了搓，舒緩自己的緊張感。

「亨瑞，你喜歡我，是嗎？」

他點點頭。「是。喜歡妳。」

「我也喜歡你。」

他露出笑容。「好！」

又一次，我不禁大笑出聲。**看吧，伊德琳，一切都不會有事的。**

「亨瑞……亨瑞，你願意娶我嗎？」

他瞇著眼一會，然後雙眼睜大，無比驚訝。

「我娶妳？」

「對，如果你願意的話。」

他退開，臉上仍帶著笑容，但他的表情有個我無法分辨的情感。不敢相信？懷疑？但一剎那間，全都消失了。

「等，等一下。」他跪下來，抓住我的雙手。「妳嫁給我？」

「我願意。」

他大笑，一次又一次親吻著我的雙手，最後他停下來，凝視著我的手，彷彿不敢相信自己下半輩子都能握著眼前這雙手。

「來。」我說著拉他起來。

他緊緊擁抱我。雖然這一切如此美好，但我卻又一次忍不住想哭。

「你要給我一枚戒指。」我說完，打開桌上的木盒，聽到亨瑞大聲抽了一口氣。

盒子裡的藍絲絨上放著二十五枚不同款式的訂婚戒，包括各種大小和顏色，但全都適合女王戴在手上。

他盯著戒指一秒，轉向我。「我替妳選？」

「對。」

他擺了個誇張的表情，有點不知從何選起。亨瑞伸出手指滑過石榴石和紫水晶的夢幻組合，再移到平滑碩大的鑽石上，那顆鑽石大到幾乎可以在上頭溜冰了。但最後，他看到一枚巨大的珍珠戒指，鑲在緋紅玫瑰金戒上，四周綴著一排鑽石。他拿到面前，點點頭。

「給妳。」

我舉起我的左手，他為我戴上那只巨大美麗的戒指。

「好，好？」他問。

對此我必須心滿意足。不完美，不幸福，但很好。我這一路上犯下那麼多錯誤之後，對我來說，這應該就已經足夠。

我漾起微笑。「好，好。」

「妳有包裹。」艾若絲說。

我看著那包裹，不確定裡面是什麼，我沒有在等任何東西。我把那一盒戒指挪到一旁，手指張開。

「妳覺得怎麼樣？」我問。

艾若絲雙眼睜大。「我從來沒見過這麼美的戒指。」

「對啊，他們為這次競選做了二十五枚不同款式的戒指，全都是獨一無二的。有一點誇張，不過我很高興裡頭有這款。這絕對是我心目中的前幾名。」

「妳戴起來好美，陛下。」她朝我微笑。「妳需要什麼嗎？還是妳需要獨處？」

「暫時獨處一下，我想。」

「沒問題。妳準備好要吃晚餐的時候再叫我，我會馬上過來。」

我點點頭，她的身影消失在門口時，裙襬多流連了一會。

我真不該質疑妮娜的眼光。

我抓著桌子旁的椅背，吸著一口口氣，思索一切。我失去了好多，但我必須記得我得到多少。我是女王，而且我訂婚了。我終於懂得如何了解他人，也懂得讓別人看到眞實的我。我還有好多事情必須去完成，還有好多事情想為家人和人民付出。但是要能辦到那些事，首要任務是先穩住我的王位。

我嘆口氣，好奇地打開面前的小箱子。我掀開蓋子，不覺倒抽一口氣。

放在最上面的是一張我和家人在加冕典禮後美好的合照。歐斯頓看起來一樣鬼靈精怪，不知道在盤算什麼；亞倫帥氣十足；卡登只要手上再拿一把劍，一張完美、英勇的王子照就完成了。我翻到下一張照片，也是我們全家人，只是姿勢有點不一樣。

我將拆開箱子，把所有的照片全拿出來，每一張都充滿喜悅。布麗絲女士擁抱我；凱爾咧嘴大笑，用公主抱把我高高抱起；萊傑將軍和露西小姐手放在我肩膀上，彷彿我眞的是他們的女兒。

如今那段時光感覺好遙遠，照片中的女孩彷彿是另一個人。只要拿走一點時間和希望，就足以徹底改變一個人。

我翻到和艾可的合照，那幾張照片和其他的截然不同。我脫下了披風，他穿著背心，我發現自己下意識擺出了像是一對戀人的姿勢。我的手放在他胸上，他摟著我的腰，我的頭微微靠向他，彷彿他的心有一股特殊的引力。

我望著我最喜歡的照片良久，驚嘆著攝影師捕捉到他眼中的光芒。

照完這張照片幾個小時後，我便凝視著那雙眼，依偎在那雙手的擁抱之中。能夠拍到這張照片有多麼不可思議？要不是其他人鼓舞，他可能甚至不會走向我，也不會在我耳邊低聲訴說芬蘭語。我告訴自己，兩人一開始能夠相遇就已十分幸運。如果我不聽父母的話，如果亨瑞沒有勇氣申請參加競選，如果我抽出他的信封時，手往右移了五公分……

我拿著那張照片，走到我收藏所有寶物的抽屜。我露出微笑，低頭看著我的小收藏，滿懷感激地回想過去兩個月的點點滴滴。

亨瑞讓我拿來當圍裙的襯衫；凱爾破壞世界和平的領帶；海耳的珠針穿在一塊布上，提醒我隨時都要保持鎮定；法克斯尷尬的火柴人畫；還有剛諾的詩，其實我根本不用留紙本，因爲我想忘也忘不了。這些全都是我最珍惜的寶物。

我站在那裡，將照片拿在抽屜上方。雖然這張照片也是我的寶物，但我怎麼也無法鬆手。我就是無法將我的艾可鎖在抽屜裡塵封起來。

32

在我人生最重要的一天開始之前，媽媽請我去一趟仕女房。我母親明明在哪裡都可以跟我會面，所以我眞不懂，她爲什麼偏偏愛選在這麼大間的仕女房？無論如何，既然她都這麼說了，我也只好去那裡找她。

露西小姐在場，玫兒阿姨也在。我不知道是誰向玫兒阿姨透露消息的，但我好興奮，整個人簡直要衝了過去。但後來我發現，媽媽找我來的原因不是因爲玫兒阿姨。瑪琳小姐靠在媽媽肩膀上啜泣。

她抬頭緊盯著我。「如果你不想嫁他，那也沒關係，可是妳爲什麼——**爲什麼**——要放逐他？少了我的孩子我要怎麼活？」

「喬西仍然會在皇宮裡。」我溫柔地提醒她。

她朝我伸起一根手指。「別耍嘴皮子。妳就算已經當上女王，可妳還只是個孩子。」

媽媽的雙眼在我們兩人間來回巡逡，不知該如何是好。究竟要幫忙已經成年、可以爲自己辯護的女兒，還是安慰突然之間兒子要離她而去的好友？她能體會兒子離家的痛。

「瑪琳小姐，請妳聽我解釋。」我走過仕女房，看她倒在椅子裡。「我愛凱爾。我從來沒預料到，他在我心中會是如此重要。其實他願意爲我留在皇宮裡，他甚至願意爲妳留在皇宮。但妳眞的如此希望嗎？」

「對！」她堅持，抬起頭用充滿血絲的雙眼瞪著我。

「亞倫離開時，我母親可說是眞的心碎了，我也是。但那代表他必須一輩子留在這裡嗎？」

她沒有答腔。我看到媽媽目光低垂，噘起雙唇，彷彿她到這一刻才明白這點。

「我知道我們不該討論讓彼此不舒服的話題。例如妳雙手充滿傷疤的原因。」我盯著瑪琳小姐說，她別開目光。「其實我們必須攤開來談。因爲妳對愛的付出令人震撼，我不但嫉妒，而且相當崇敬那樣的妳。」

她的臉皺起，淚水再次撲簌簌流下，我努力讓自己鎮定。今天有太多人都依靠著我。

「我們全都知道妳做了什麼，我們全都知道妳是怎麼重新站起，我也明白，妳總是覺得自己永遠都虧欠我們家族，但其實妳不必如此。瑪琳小姐，妳覺得我們能夠再向妳要求什麼呢？」

她仍不發一語。

「問問我的母親。她也不希望妳將自己關在這裡。妳想要的話，妳可以和妳兒子一起去。妳願意的話，可以探訪各國，環遊世界。皇室饒妳一死，不代表妳的命不是自己的。妳何苦讓自己的孩子承受這個重擔？把一個天賦異稟、熱情的年輕人關在皇宮圍牆裡，浪費大好青春？那才叫殘忍。」

瑪琳小姐將臉埋入自己雙手之中。

「妳真的可以走。」媽媽輕聲對她說。「我以為妳知道。」

「那麼做感覺不對……要不是妳和麥克斯，我和卡特幾年前早就死了。我一直覺得自己感謝妳一輩子都不夠。」

「我們還不認識時，妳一直對我很好。妳說服了我，鼓勵我不要退出競選。當年我害喜一睡醒就孕吐，是妳幫我扶著頭髮，記得嗎？而且我每次起床孕吐都已經是下午？」

她們兩人大笑。

「當我擔心自己做不來，妳告訴我我辦得到。妳還幫我縫槍傷，是不是？」

我好想問那是怎麼回事，但還是決定算了。

露西小姐走過來，跪在瑪琳小姐身旁，牽起她的手。「我們有過一段混亂的青春，對不對？」她說。媽媽和瑪琳小姐會心一笑。「我們犯了不少錯誤，守著許多秘密，做了一堆傻事，也做了一堆好事。但看看我們。我們已經是大人了。而且看看伊德琳。」

她們三人望了過來。

「二十年後，當她回首自己的過去，該要爲自己當年的錯誤懊悔嗎？一輩子受縛於過去嗎？」

我嚥了嚥口水。

「而我們要嗎？」露西小姐問了最後一句。

瑪琳小姐肩膀放鬆，她緊緊抱住媽媽和露西小姐。

我看著這一幕，感覺喉嚨像打了結。

有一天，我母親將不在世上，阿姨將不再來訪，這些女士會搬到別處。但那時，這裡會有我、喬西和妮娜，各自有小孩、親戚和朋友。我們會在一起生活，讓彼此命運交織，守護著只有少數女人能體會的姊妹情誼。

我好高興媽媽選擇來到皇宮，遠渡重洋來到一個陌生人的家，打從啓程的飛機上就願意相信其中一個女孩，並和打理生活起居的女孩成爲摯友。無論她們會不會或是何時會分別，她們的心永遠都會在一起，永遠不會眞的分開。

33

攝影棚煥然一新。我先和在場的朋友、家人、工作人員討論了我訂婚的事，稍後就會進行全國現場直播。雖然大剌剌地將私事攤在陽光下不是我所期待的狀況，但有時一個女孩也只能接受現況。

我望向四周，尋找爸媽的蹤影。我一定要看到他們，我想看到他們爲我的選擇微笑。如果看到他們平靜喜悅，我就能心滿意足。他們還沒來，但卡登已經到了。

我從門口看到他望著攝影棚另一邊，好像有點出神。我來到他身後時，他稍微嚇了一跳。

「你還好嗎？」

他清了清喉嚨，臉紅紅地低頭看著雙腳。「還好，一切都很好。只是在閒晃而已。」

我循著他的目光，看我能不能找出蛛絲馬跡，事情馬上水落石出。喬西終於放棄了花俏的髮型和昂貴的珠寶。她不再濃妝豔抹，禮服也更爲素雅。此刻的她頭髮微鬈，嘴唇塗著淡淡的唇蜜，加上一襲適合她年紀的藍色禮服，她似乎不再一味跟隨著我，終於做起了自己。

「喬西今天晚上眞的很美。」我說。

「喔？我沒注意到。不過經妳一說，對啊，她看起來不錯。」瑪琳小姐心情看來平靜愉快，她向卡特先生說了幾句話，喬西聽了大笑，她的聲音對我的耳朵來說還是有點太大，但至少還算悅耳。

「反正你今天沒有要上鏡頭，也許你可以去坐在她旁邊。看起來她旁邊有個空位。」我偷瞄了一眼卡登，看到他嘴角微微揚起一下，然後趕快板起臉。

「我想可以。我是說，我其實還不知道今天要跟誰坐。」他走向她，一路都在拉平自己的西裝，我心裡超想知道未來會怎麼發展。

「伊德琳。」

我聽到媽媽的聲音，轉過身，開心地看到她張開雙臂走了過來。

「妳感覺如何？」

「超棒的，一點都不害怕。」我開玩笑說。

「別擔心。亨瑞是個好選擇。出乎意料，但還是非常好。」

我偷望向後頭，艾可在幫亨瑞調整領帶，他們一來一往地交談著，從嘴形完全看不出他們在談什麼。

「不過有趣的是，其實沒有什麼好嫉妒的。」

我抬頭看著媽媽，一臉困惑。「嫉妒？」

「妳今天稍早和瑪琳說話時，說妳嫉妒她能爲愛付出那麼多。」

「我有這麼說？」我嚥了嚥口水。

「妳說了。我一直在想，現在妳有個非常可愛的男生投懷送抱，爲什麼要嫉妒受盡折磨才換來眞愛的她？」

我愣住。我要怎麼解釋？

「也許比較適合的說法是欽佩。她做的事情非常勇敢。」媽媽翻白眼。「如果妳想對我說謊，那沒關係，但我建議妳不要再騙自己了，以免事情走到無法挽回的地步。」

她說完便走開，坐到露西小姐和萊傑將軍旁邊。攝影棚通常很涼爽，但我確定竄過我身體的寒意和氣溫沒有關係。

「你在這裡等。」製作人說，他把亨瑞拉到我身旁。「我們還有一點時間，但別亂跑。有人看到蓋佛瑞嗎？」她放聲朝全場喊。

亨瑞指著艾可剛才調好的領帶。「好嗎？」

「好。」我順了順他的肩膀和袖子，但我的眼睛望向他身後的艾可，他一臉鎮定，毫無破綻。我希望自己表面上跟他一樣鎮定，但我心裡感覺自己像件脫線的毛衣，那條線一直拉啊拉的，直到我化爲地上的一個小結。

我繞到亨瑞後面，假裝從各個角度重新檢查他的西裝。我經過艾可時放下手，我們的手指相觸，彷彿輕輕的一吻，接著我才站回我未婚夫面前。

我皮膚發麻，興奮之情彷彿電流竄過我的身體，我將雙手緊扣，放到身前，專注感覺手指上的訂婚戒。另一邊，艾可的身影穿過人群，也許他此時必須不得不暫時離開，才能找回理智。

「所以，」我面對亨瑞問。「你準備好了嗎？」

他望著我，一向活潑開朗的神情暗淡下來。「妳呢？」

我想說「準備好了」。我在腦中都聽到自己回答了，但嘴上怎麼也說不出口。於是我擠出微笑，點點頭。

他一眼就看穿了我。

他牽起我的手，拉著我走向攝影棚後方，走向艾可。

「En Voi（我不行）。」亨瑞語氣嚴肅，我從來沒聽過他用這種口氣說話。

艾可的雙眼來回望著我們。「Miksi ei（爲什麼不行）？」

「我這裡笨。」亨瑞指著嘴巴說。「這裡不笨。」他指著雙眼。

我的呼吸加速，心知我生命中的一切即將崩毀，害怕在這之後會發生什麼事情。

「你們愛。」他比著我們說。

艾可搖起頭，亨瑞嘆口氣，抓起他的右手，指著傳家之戒。然後抓起我的手，我手上仍戴著艾可的戒指。

「艾可，請你跟他好好解釋。我必須完成我的親王競選。告訴他，他永遠不用懷疑我對他的眞心。」

艾可馬上劈里啪啦翻譯給他聽，但亨瑞的表情顯示他毫不動搖。

「拜託。」我抓住他手臂哀求他。

他的表情柔和善良，靜靜地開口。

「我說不。」他牽起我的手，溫柔地脫下我的訂婚戒。

攝影棚四周變得一片模糊。再過幾分鐘，我就要向全國直播，宣布我的喜訊，而就在這一刻，我卻被未婚夫拋棄了。

亨瑞捧著我的臉，深深望著我的雙眼。「愛妳。」他發誓。「愛妳。」接著他轉身，緊抓著艾可的手臂。「也愛你。我的好朋友，非常好朋友。」

艾可吞了口口水，聽到亨瑞的話，他幾乎要流下淚來。在參加競選的這兩個月，他們就只有彼此相伴，互相扶持。先不說這一刻對我有何意義了，對他們來講這情況又代表了什麼？

亨瑞將我們兩人拉近。「你們在一起。我爲你們做蛋糕！」

雖然我內心充滿憂慮，聽了卻不禁笑出聲來。我望著艾可的雙眼，我的心好痛，我不願放手，我不願放棄心底眞正想要的，但我無法跨越我的恐懼。

我掃視全場，尋找我現在最需要的身影。找到他之後，我轉向兩人。「在這裡等我。拜託。」

我快步跑過攝影棚。「爸爸！爸，我需要你幫忙。」

「乖女兒，怎麼了？」

我深吸一口氣。「我不想嫁給亨瑞。我想嫁給艾可。」

「誰？」

「艾可。他的翻譯。我愛他，我想嫁給他。雖然他討厭拍照，但我想拍一千張，把他放在我的牆上，讓我每天早上一醒來就能看到我們的笑容，就像你和媽媽一樣。而且我希望他為我做甜甜圈，就像他媽媽為他爸爸做的一樣。我希望我們能建立起我們自己的小默契，或者，也許所有事情都能成為我們的小默契，因為如果跟他在一起，我覺得即使是最白痴的小事也很重要。」

他站在那裡，嘴巴微開。

「但只要你說一個字，我就永遠不會再提起。我想要做正確的事，我知道你絕對不會讓我做出愚蠢的決定。告訴我該怎麼做，我不會質疑你，爸。」

他抬頭望著時鐘，雙眼仍然驚訝地睜大。「伊德琳，妳只剩七分鐘。」

我順著他的目光望過去，他說得對。只剩七分鐘。

「那你幫幫我。告訴我該怎麼辦！」

他愣了一秒，轉過身面對我，拉著我走出攝影棚大門。

「我們全都知道因為馬里德的關係，妳希望加快動作，我覺得妳的考量不無道理。但妳不能讓一個混蛋決定妳的下半輩子。相信我。妳今天什麼都不需要宣布。」

「這不是重點。我好想跟艾可在一起，想得我的心好痛，可是我過去已經做了那麼多自私、愚蠢的事情，我害怕就算只是打破一個小小的規則，人民也不會原諒我。我不能讓他們失望，爸。我不能讓你失望。」

「我？光是一個傻傻的小規則就會讓我失望？」他搖搖頭。「伊德琳，妳離叛國還差得遠呢。妳不可能讓我失望。」

「什麼？」

他露出微笑。「妳弟弟潛逃到法國，這嚴格來說足以開戰。我想他知道這點。結果我阻止他了嗎？」

我搖搖頭。

「妳母親。」他笑了一聲說。「她和義大利政府密謀，提供資金給北方叛軍，當時要是被我父親發現，一定馬上將她處死。」

我站在原地，目瞪口呆。

「還有我？這二十年來，我一直偷偷藏著一個該被處死的人。」

「伍德渥克一家？」我猜。

「哈！不是，我全忘了他們家的這件事，不過紀錄上，他們是被赦免了。我藏的其實是一個在皇室眼中更危險的人。」

「爸，我聽不懂。」

他嘆口氣，左右看了看走廊，確認四下無人，接著他迅速解開他的襯衫。他轉身，俐落地將襯衫和外套都褪下一半。

我望著父親的背，驚恐地倒抽一口氣。他全身都是疤痕，有的傷疤很寬，彷彿沒有好好治療，有的很細，皮膚鼓起。疤痕七横八束，似乎沒有任何一致之處，但是看來一定全都來自同一根刑杖或鞭子。

「爸……爸，你發生什麼事？」

「我父親。」他拉起襯衫，盡快把釦子扣上，快速地解釋。「對不起我從來沒帶妳去海灘，親愛的。我辦不到。」

我全身無力，幾乎整個人要癱軟了下來。爸爸根本不需要向我道歉的啊。「我不懂。爲什麼他要這樣對你？」

「爲了要我聽話，要我安靜，要我成爲一個好的領袖……他理由可多著。但這些杖刑背後的原因，妳只需要知道其中兩個。第一個是妳母親提議取消階級制度之後發生的。」

他搖搖頭，想起當年的事，嘴角微微揚起。「她當時仍是候選人，並決定在《報導》中提議這件事。我父親已經夠討厭她了，他自然覺得這項提案威脅到他的統治。事情也的確如此。這類的提案簡直等同於叛國。如我剛才所說，叛國根本是我們家族的天性。我擔心他會處罰她，所以乾脆要求他處罰我。」

「噢，我的天啊。」

「沒錯。這是我這輩子蒙受的最後一次杖刑，我永遠都不會後悔。為了她，我願意承受一百次。」

我從來都不知道這件事。我只知道他們一同取消階級制度。他們掩飾了好多不愉快的過去。美好的表面下藏著許多悲慘的經歷。

「我幾乎不敢問了，但是我該知道的另一個原因是？」

他扣上最後一顆釦子，嘆了口氣。「我第一次被處罰杖刑。」

我嚥了嚥口水，不確定自己到底想不想知道。

「妳知道，我父親是個非常高傲的人。因為他是國王，他覺得全世界都虧欠他。其實他完全沒有理由不高興。他擁有權力、美好的家庭，妻子也愛慕著他，他甚至有個親生兒子能繼承王位。但他永遠不知滿足。」

他的眼神失焦，我看著他，還是不懂他想說什麼。「我一直都知道他的情婦何時會來皇宮。他會在早一點的時候送我母親禮物，好像他想在犯錯前事先彌補。然後晚餐時，他會替她斟酒，一杯接著一杯，直到她不勝酒力倒下。當然，她的房間是在另一側廂房。我想這是父親的主意，絕不可能是母親的。我無法想像她會故意和我父親分房。她眞心愛慕著他。

「總之，我當時十一歲左右，有天晚上，我走過皇宮目睹她正要離去，她頭髮蓬亂，肩上披著披風，彷彿這樣就能遮掩住她幹的好事。我心裡明白，完全知道她爲什麼在這裡，而且我爲此憎惡著她。比起父親，我甚至更恨她，這其實不公平。她離開之後，我便去找父親。他穿著長袍，酒氣薰天，渾身是汗。我對他說——那句話我這輩子永遠都忘不了——我說：『你不准再讓那妓女來這裡。』好像我能命令國王一樣。

「他猛力抓住我的手臂，我肩膀應聲脫臼。他把我拉倒在地，用刑杖打我的背，不知道打了多少下，我痛得頭暈目眩，隨即昏了過去。醒來時我在自己的房間，手臂吊在三角巾中。我完全清醒之後，我的男侍說我不該跟侍衛打鬧，我太年輕了，不該找他們玩。」

爸爸搖搖頭。「我不知道他爲了掩蓋事實開除了誰，或做了什麼更糟的事，但我知道我必須乖乖閉嘴。我年紀還小，不敢冒險告訴任何人。長大之後，我不說是因爲我感到羞恥。後來，我心裡莫名覺得隱瞞眞相是件値得驕傲的事。好像我獨自默默承受折磨，沒有依靠任何人這點，相當値得欽佩。當然，根本不是這樣。這麼做很愚蠢，但我們小時候很會爲自己找藉口。」

他淡淡朝我一笑。

「我好爲你難過，爸。」

「沒事。那讓我成爲更堅強的人，而且我希望自己也成了一個更好的父親。我希望我有好好照顧妳。」

我眼眶泛淚。「你有。」

「好。總之，回到妳的問題，幾年後，我以爲父親眞的拋下情婦了。如我所說，我知道他計畫讓情婦入宮的方式，我原本以爲他會依然故我，有幾晚我甚至偷溜出去確認。但她好幾個月都沒有出現，結果忽然有一天她又出現了，她走在走廊上，彷彿這裡是她家一樣。

「我對這個女人充滿憤恨，母親的臥房明明就在轉角，她居然有這個膽子出現在皇宮。於是我攔住她，朝她破口大罵。她歪著頭，笑嘻嘻地看我，好像我只是隻小蟲，微不足道。接著她低下頭，在我耳邊輕語：『我會代你向你妹妹問好。』說完她就走了，我愣在當下，無比震驚。我一定站在那裡整整十分鐘，嚇得動也不敢動。

「她那樣說只是單純想傷害我嗎？在我不知道的地方，眞的有個同父異母的妹妹嗎？我不會求她告訴我答案，顯然我也不能問我父親。一直等到他死了之後，我才試著去找我妹妹。」

他嚥了嚥口水。「不過，事情是這樣。皇室的私生子必須處死。」

「什麼？爲什麼？」

「因爲他們會對皇室繼承權造成威脅。內戰或政治動蕩對任何人來說都不利。即使是現在，看看馬里德所引起的問題。因此過去，我們一發現私生子，便馬上會除掉這個威脅。」他冷冷地道出一切，感覺很冷酷、很遙遠。

「所以你殺了她？」

他自顧自笑了笑。「沒有。我一看到她，就深深愛上了她。她只是個孩子，她完全不知道自己的父親是誰。雖然她身上有一半流著皇室的血統，但這不是她的錯。於是我將她從母親身邊帶走，讓她待在我身邊，從那時起我一直保護著她。」

他終於鼓起勇氣望著我的雙眼。

「布麗絲女士？」我問。

「布麗絲女士。」

我不知該說什麼。我有一個姑姑。她最近就像我的家人一樣，爲我默默付出。其實，她所付出的甚至更勝於我的家人。我欠她好多好多。

「我很難過自己必須隱瞞她的身分。」他承認。

「我知道。如果她有皇家血統，我覺得她應該享有更多權利。」

「那是不可能的事。她明白這點。她能在皇宮裡就已心存感激。」他回答。雖然我們兩人都知道這話說得沒錯，但我看得出來，我們都覺得差強人意。「所以妳看，過去這二十年，我每一天都犯了叛國罪。妳母親也是，妳弟弟也是。我敢說卡登可能是唯一一個從沒打破任何規定的人。」

我笑著同意，心裡盤算著，擔心歐斯頓不知犯了多少禁忌。

「打破那愚蠢的規則，伊德琳。嫁給妳愛的人。如果妳覺得他夠好，那我一定也這麼覺得。如果人民不認同，那是他們的問題。因爲妳是誰？」

「我是伊德琳．席理弗，世界上沒有人比我擁有更大的權力。」我想都不想就脫口而出。

他點點頭。「妳說得眞是對極了。」

製作人破門而出，衝到我面前。「感謝老天！妳還有十秒鐘。快！」

34

我衝進攝影棚，尋找艾可的身影。我找不到他，四周好多人跑來跑去，他們剛才一直在找我。

我跌跌撞撞上了舞台，攝影機上的紅燈亮起，我把頭髮從面前撥開，直接開口，完全不知道自己接下來要說什麼。

「晚安，伊利亞的人民。」我犯了所有公眾演說的大忌。我的姿態糟透了，語氣急促，我目光根本沒對著攝影機，只忙著尋找艾可。「我們今晚將為你們帶來一個驚喜。在這次《報導》特輯中，我有件重要的事情要宣布。」

終於，我看到他了，他半躲在亨瑞身後。

「請和我一起歡迎艾可・卡斯肯能先生上台。」

全場鼓掌，我站在那裡，希望他能為了我勇敢地面對攝影機。艾可嚥了口口水，調正領帶，亨瑞拍拍他的背，鼓勵他向前。

我牽起他的手，讓他站到我身旁，我覺得有點頭昏腦脹，心裡猜想他可能也差不多。

「你們有些人可能記得幾週前，這位紳士曾出現在《報導》上。他是亨瑞先生的口譯員，自從他來到皇宮之後，便展現出自己的各種優點。他為人聰明，正直善良，人格高尚，又不失幽默，還擁有許多令我意外但卻十分欣賞的特質。」我回頭望向他。看見他神情自若，雙眼充滿希望，我不知不覺冷靜下來，不再在意攝影機。「因此，我無可救藥地愛上了他。」

「我也愛上了妳。」他靜靜地回答，完全沒有人注意到。

「艾可．貝德利．卡斯肯能，你能賜予我無上的榮幸，成為我的丈夫嗎？」

他發出悅耳、不可置信的笑聲，世界化為一片寂靜。沒有人單膝跪下，沒有人慌張地找戒指。世界只剩他和我。

上百萬人看著我們。

他轉頭，我循著他的目光，知道他在搜尋亨瑞。他的好友站在那裡，揮舞他的雙手，睜大眼睛誇張地用嘴形說著「我願意」。

「我願意。」艾可終於笑著說出口。

我撲向他，雙手抱住他的脖子，和他相吻。我依稀聽到掌聲和口哨聲，但我心臟欣喜地怦怦跳動，淹沒了所有聲音。

腦中有一個角落發出聲音，告訴我應該要擔心全國上下的反應，以及今晚之後事情會怎麼發展。但除此之外，我整個人全然遠離焦慮，內心無比確定，自己終於找到命中注定的靈魂伴侶。

我抽離身子，望著他，快樂得難以言喻。

過了一秒，他臉上出現了疑惑。「所以……我現在要做什麼？」

我漾起微笑。「暫時先站到一旁。我還有件事要處理。待會兒我有好多事想跟你說。」

「我也是。」

掌聲漸止，我望著攝影機，感到心滿意足，再也不害怕了，我開口告訴人民我心中最眞實的感受。

「我知道我身爲你們的女王才不過幾天，但這段短暫的時光，以及過去漫長的一段日子裡，我一直非常擔心自己在你們心中的位置。我相信我永遠都不會明白，爲什麼有這麼多人反對我，但我現在才發現，我根本不該在乎。我的人生應該完全掌握在我手裡，不該受你們左右。

「另一方面，你們的生活也應該完全掌握在你們手中，不該由我來決定。」

這時，我感覺到全場的氣氛改變，也許我瘋了，但那股氣氛彷彿擴散到了攝影棚之外。

「過去這兩個月對我來說像一陣龍捲風掃過。我險些失去我的母親，而我親愛的雙胞胎弟弟搬到了國外，最後我還當上了女王。從來沒有人預期我會舉辦婚配競選，如今競選也劃下了句點。」我微笑，心想一切發生得好快。我原本應該粉身碎骨，但現在卻安然無恙。

「競選過程中，你們有人同情我，有人覺得被冷落。有人支持我，有人抨擊我。之前，我會說他們的感覺毫無根據，但現在，我心底知道那只是在自欺欺人。

「競選前，我的生活只限定在我的小圈圈中。我承認，全世界中我最關心的是我自身的舒適，爲了讓我的世界不受干擾，我不惜犧牲許多事情，包括身邊許多人的幸福。這點我感到十分慚愧。」

我垂頭看著地毯一會，讓自己鎮定下來。「但是遇見這些年輕男士之後，我不再封閉自己，我看到了皇宮牆外的世界。過去這幾週，我發現自己對我的國家一無所知。預算和提案也許能代表你們的需求，但只有面對面，我才能進一步看到你們面臨的處境。

「因此……」我深吸一口氣。「我現在正式宣布，伊利亞未來將實行君主立憲制。」

全場倒抽一口氣，議論紛紛，我等他們安靜下來，並想像在家中看著電視的人也需要一點時間消化這個訊息。

「請別認爲我是在逃避責任。其實，我現在知道我太愛你們了，我不想獨占一切。雖然我找到伴侶分享，但我心意已決。」我說著偷瞄了艾可一眼，露出笑容。「過去領導者壽命不長，身體也常出狀況，由此可知，這份工作對任何人來說都太過沉重。所以，我會盡我所能付出，並讓你們也盡一份心力。

「長久以來，我們在皇宮中努力尋找各種方法，想讓你們的生活得更好、更幸福，最後發現，我們根本不可能做得到。你們的生活必須掌握在自己手中。直到那時，我們才能看到許多人期盼多年的改變。

「過渡時期，我會找個適合的總理。未來兩年內，我們將舉辦正式的選舉。我迫不及待想看看國家有什麼樣的人才。

「我相信我們徹底改造國家的過程中，會面臨許多疑惑和顛簸，但請謹記在心，皇室永遠站在人民那一邊。我不能控制你們的心，你們也不可能控制我的心。但我想時機已成熟，讓我們所有人一同尋求更好、更燦爛的未來。」

我漾起微笑，內心完全沒有害怕和焦慮，反而一片平靜。若我們之前少花點心思在追求表面上做得如何，多花點心思在實際作爲，我們應該能更早意識到這點。

「非常感謝你們對我、對我家人和我未婚夫的支持。我愛你們，伊利亞的人民。晚安。」

我看著攝影機的光漸漸熄滅，我走下舞台，面對一連串激動的怒吼。顧問顯然個個怒不可抑，紛紛轉向我父親，要他解釋清楚。

「你們幹麼朝我吼啊，你們這群白痴？」他回罵他們。「她才是女王，老天啊。去問她啊。」

我轉向艾可。

「你還好嗎？」

他大笑。「我這輩子從來不曾這麼開心，也不曾這麼害怕。」

「那代表還不錯。」

「嘿！」凱爾大喊，他和亨瑞從後面衝上來，擁抱艾可，祝福恭喜他。當他們開心歡慶地談話，我靜靜走開。現在還有許多事必須處理。

我擠過人群，穿過疑惑、生氣的顧問，走到攝影棚後方，播出熟悉的電話號碼。

馬里德馬上接起。「妳剛才做了什麼好事？」他大吼。

「在我統治下，我不會允許你任意干政。」

「妳知道那有多愚蠢嗎？」

「我唯一知道的是，幾個星期前，我們明明很正常地在討論政體，你卻忽然之間大驚小怪起來。現在我終於懂了。你怎麼可能想將權力拱手讓人呢？」

「如果妳以爲這是妳最後一次聽到我的消息——」

「我確實這麼想。我的耳朵現在已能聽到人民的心聲，我不再需要你了。再見，先生。」

我露出笑容，心中無比喜悅，我現在知道一件非常重要的事。我的國家永遠不會被別人奪走，因爲我已欣然將國家交入人民手中。我的人民和我一樣想得到幸福，我相信一切都已結束，沒有人能再擺布我們的生活。

「伊德琳！」布麗絲女士大喊衝向我。「妳這女孩眞的太聰明了！」

「妳會答應，對不對？」

「答應什麼？」

「當總理。總之，任期只到我們舉辦選舉那時候。」

她咯咯笑了笑。「我不確定自己是最好的人選。而且，還有——」

「拜託妳，布麗絲姑姑。」

一瞬眼，她面露恐慌。然後她眼中泛起淚水。「我從來沒想到自己這輩子會聽到這兩個字。」

我手伸向她，擁抱這個最了解我的女人。感覺很奇妙，雖然我從來沒有失去她，但此時抱著她，我感覺彷彿找回了某個珍貴的東西，就像亞倫回來參加加冕典禮那時一樣。

「喔，我的天啊，我必須打給亞倫！」我驚呼。

「我們把這件事列到行程上。訂婚，完成了。改變國家，完成了。下一件事是什麼？」

我望向全場，看到父親和艾可握手，媽媽上前親吻他的臉頰。

「改變我的人生。」

後記

我父母的愛情像童話故事一般，身為他們的女兒，那感覺其實相當奇妙。但是，等事情輪到自己頭上，想要譜出與他們相似的戀曲則完全是另一回事。你可以讀小說、看電影，也可以認為自己能夠掌握劇情將如何鋪展。

但事實上，愛情既是命中注定，也需細心計畫；愛情可以無限美好，也可以是場大災難。要找到王子，可能代表要親吻無數青蛙，或者也可能要把一大堆青蛙從房裡踢出去。從高空墜落也許會一頭撞上你夢寐以求的東西，也可能意外嘗到你怕了一輩子的事物。永遠幸福快樂的日子，可能存在於一望無際的曠野，也可能存在於短短七分鐘的距離。

衷心感謝

好啦，各位，此刻我應該可以來個小考，讓你們猜猜誰會出現在我的致謝詞中，你們一定都會答得很好。你們追蹤我文學經紀人的Twitter，在Tumblr標記我的出版社行銷人員，猜想我的編輯其實是我的姊妹（說眞的，她不是）。你們甚至問起我老公，關心我的孩子，因爲連他們都開始對你們別具意義。所以，不如就簡單一些吧！

謝謝。

感謝我的出版團隊讓這套書生得如此美麗，感謝我的朋友與家人讓我能夠堅持下去，以及感謝你們每一位。《決戰王妃》系列給了我一趟終身難忘的旅程，要是今後無法再次享受這樣的暢快歡樂，我也會一直保有最初的幸福。

還有，我要感謝亞美利加與伊德琳來到我的腦子裡，改變了我的世界。

我愛你們，永遠永遠。

綺拉・凱斯

決戰王妃

系列

★ 最光芒萬丈的浪漫競存小說，無數書迷仿效書中浪漫橋段，甚至引爆請假在家讀小說熱潮

★ 全球最大書評網 Goodreads 50 萬讀者近 5 顆星熱情推薦

★ 美國年度最佳 10 大 YA、讀者票選最佳 YA 小說、年度最期待這一本、最美書封

★ 紐約時報、邦諾書店、亞馬遜網路書店、iBook 排行榜常勝軍

★ 博客來文學小說 Top10、誠品青少年圖書榜 No.1

★ 40 餘國讀者瘋狂關切，長踞美國、巴西、英國、德國、法國、荷蘭暢銷排行榜

圓神出版

決戰王妃

35位女孩。35位敵手。

穿著心機的盔甲，她們明白，愛情也只是一種手段……

在社會階級分明的伊利亞王國，
當上王妃是扭轉命運的唯一機會。

17歲的亞美利加幸運入選，全家人的未來全都寄託於她。
選妃過程將實況轉播，全國人民屏息以待。
因爲，王妃只有一位。

華服珠寶、美宴佳餚，亞美利加彷彿躍上枝頭。
她的才華與直率贏得王子的好感，卻招來其他女孩危險的妒意。
但這一切根本都不是亞美利加想要的。

一輩子只有一次的競賽，沒有人願意乖乖照著遊戲規則走。
而女孩們不知道的是，看似最受歡迎的亞美利加其實藏了一件不能說的心事——一個足以讓她人生從此垮台的大秘密……

圓神出版

決戰王妃2：背叛之吻

愛情的深度，如何用競爭來衡量？
同時愛上兩個人，算不算一種背叛……

從海選的35名競爭者，到如今只剩下6名菁英。這場贏得麥克森的愛、爭取妃冠的競選，正如火如荼地進行。然而，越是靠近后冠，亞美利加越不明白自己的心。與麥克森共度的每分每秒都彷彿童話故事，甜美的浪漫氛圍幾乎令她窒息。可是，每當看見皇宮侍衛艾斯本——她的初戀情人，她總會想起過去兩個人殷切企盼、一起計畫的未來……

在此同時，亞美利加偶然讀到的一本創國者日記，讓她遭受晴天霹靂般的震撼。爲何節慶、歡笑會從這個國度消失？爲何階級制度會從黑暗歷史中捲土重來？亞美利加企圖揭露眞相，卻讓自己候選人的地位岌岌可危，皇宮更陷入叛軍攻堅的危機！

劇情峰迴路轉，亞美利加對麥克森與艾斯本的感情，也如同雲霄飛車般起起落落。同時愛上兩個男孩，算不算是自私的背叛？一個17歲的女孩，究竟能承擔多少責任？眞正的奪妃之戰，現在才要展開——

圓神出版

決戰王妃3：眞命天女

唯一的后冠，只留給最．想．要的人……
決戰時刻，誰是王妃？

選妃競賽給了亞美利加未曾想過的夢幻人生。從進入皇宮的第一天起，亞美利加的心在兩個男孩之間不斷拉扯——一次又一次爲她化解危機的艾斯本，以及感覺越來越強烈的麥克森王子。同時，反叛軍的抗爭越加劇烈，皇宮裡危機四伏，而伊利亞國王似乎隱瞞了足以滅國的身世之謎……亞美利加該如何度過最後一關？爲了自己的未來，她將全力一搏！

亞美利加的最終抉擇，不僅牽動著伊利亞王國的命運，也緊繫著兩顆爲她跳動的心……

圓神出版

決戰王妃4：繼承者

當今的公主，未來的女王，她的婚事就是國家大事！

二十年前，歌手亞美利加贏得王妃競選，與麥克森共組幸福家庭，伊利亞王國也取消了階級制度。舉國歡欣中，皇家迎來一對雙胞胎姊弟，麥克森國王宣布重大改革：不分男女都可以當上國家領導人。因此，比弟弟早了七分鐘出生的伊德琳公主，來日將繼承大位。

但不平等並未隨著階級制度消失，國內不時爆發衝突與恐怖行動，於是麥克森和亞美利加決定，再度以皇室婚配競選來創造祥和與笑聲。

至於這項競選……可就讓伊德琳公主非常不開心了。她根本不認為世上還會出現父母那般的夢幻童話愛情，何況那三十五個男生她沒一個看上眼的……最最最重要的是，她一點也不覺得自己需要誰來輔佐她執行皇室任務。

肩負著王位重任，她舉棋不定的心，究竟會如何抉擇？

圓神出版

決戰王妃外傳：王子與侍衛

王子：我該遵守傳統，跟一個適合當王妃的陌生女子結婚，不顧內心的渴望嗎？

侍衛：我該放手讓她得到幸福、還是爲愛奮力一搏？

當選妃如火如荼地進行，王子麥克森與侍衛艾斯本的內心，卻充滿矛盾與掙扎：

麥克森身邊早有一位青梅竹馬的女孩，他以爲她是唯一懂他的人，可是選妃在即，他該聽從自己的心聲，還是接受國家的安排？看見35位女孩爲爭奪后冠而來，他的心境會有什麼改變？他對亞美利加的第一印象如何？

艾斯本原本以爲推開亞美利加會更自由，但當他進入皇宮擔任侍衛，再次遇見她，卻發現自己根本放不下……他已不再是第七階級的艾斯本，已經有能力給她更好的生活，他是否該不計一切，重新贏回摯愛？

Eurasian Publishing Group
圓神出版事業機構
用心與你對話・視野無限寬廣
圓神出版社
Eurasian Press

http://www.booklife.com.tw　reader@mail.eurasian.com.tw

當代文學 135

決戰王妃 5——為愛加冕

作　　者／綺拉・凱斯（Kiera Cass）
譯　　者／張靜惟
發 行 人／簡志忠
出 版 者／圓神出版社有限公司
地　　址／台北市南京東路四段50號6樓之1
電　　話／（02）2579-6600・2579-8800・2570-3939
傳　　真／（02）2579-0338・2577-3220・2570-3636
郵撥帳號／18598712　圓神出版社有限公司
總 編 輯／陳秋月
書系主編／李宛蓁
責任編輯／朱玉立
美術編輯／金益健
行銷企畫／吳幸芳・詹怡慧
印務統籌／劉鳳剛・高榮祥
監　　印／高榮祥
校　　對／朱玉立・李宛蓁
排　　版／杜易蓉
經 銷 商／叩應股份有限公司
法律顧問／圓神出版事業機構法律顧問　蕭雄淋律師
印　　刷／祥峯印刷廠
2016年5月　初版
2021年4月　11刷

定價 330 元　ISBN 978-986-133-575-9　

你可以讀小說、看電影，也可以認爲自己能夠掌握劇情將如何鋪展。
但事實上，愛情既是命中注定，也需細心計畫；愛情可以無限美好，
也可以是場大災難。

——《決戰王妃5：爲愛加冕》

國家圖書館出版品預行編目資料

決戰王妃 5：為愛加冕／綺拉．凱斯（Kiera Cass）著；
張靜惟 譯. -- 初版 -- 臺北市：圓神，2016.05
288 面；14.8×20.8 公分 --（當代文學；135）
譯自：The Crown

ISBN 978-986-133-575-9（平裝）

874.59　　105004323